徐贵祥作品

将军远行

将军远行

作家出版社

目
录

将军远行

一

恒丰战役打到第三阶段，仗就没法打了，南线两个旅被共军穿插分割，五千多人的部队转眼之间不成建制。活着的，把国军的帽子一扔，戴上共军的五角星帽，调转枪口就成"解放战士"了。

还有一些没死的，被共军团团围住，弹未尽粮已绝，大白天饿鬼哀嚎，下雨天孤魂游荡。有个战地记者到阵地上拍照片，专门拍尸体的手指，那些枯枝一样长着霉斑的手指，有的伸向天空，有的戳进泥土，有的插进胸前的肉里，造型五花八门。

副参谋长楚致远向军长廖峰报告，西线九团突围，一个团副带领七十多号人，头天渡过衢河武力进入二师防线，见什么抢什么，打死了二师警卫营副营长，还把医院的两头奶牛煮了。

廖峰脸色铁青，好半天才问，这伙人现在在哪里？

楚致远说，被二师师长韩博涛下令缴械，全都关在师部警卫营的马棚里。

廖峰眉头一皱，关在马棚里，马怎么办？

楚致远怔了一下，反应过来说，没有马了，全都吃到肚子里了……韩师长请示，要不要把这伙人送到军部。

廖峰牙疼似的哼了一声，送到军部？这伙土匪，送到军部干什么，来抢粮食啊。

楚致远说，我也认为不妥，韩师长怕是急疯了……仗打到这个地步，各级长官的脑子都不好用了。

廖峰阴沉沉地看着楚致远，脑子不好用了……你的脑子还好用吗？

楚致远惶恐地说，军座，我……我的脑子也不好用了。

廖峰仰起头来，看看天，看看远处，原地踱了几步，站定，目光在楚致远脸上停留了几秒钟，然后一字一顿地口述几道命令：一、所有一线部队，死守现有阵地，凡擅自出击者，追究指挥官责任。二、凡突围归来零星部队，由接管部队长官酌情处置，无须向军部转送。九团归队人员，留下团副候审，其他人枪毙。三、请李秉章副军长亲自前去三十里铺地区，带上电台，军部警卫营以一个连的兵力护送，收拢一七九师。

口述完毕，廖峰看着远处说，搞点细粮，给老李带上。

楚致远目送军长，看见初秋夕阳下军长的背影，腰杆依然挺得很直，步子依然从容。楚致远有点伤感，眼窝一热，两行眼泪就顺着脸颊流了下来。他的脑子还算清醒，军长的三条命令，其他两条都是废话，要一线部队死守，一个个饿得骷髅似的，拿什么死守？军长的意思，不是不让出击，而是不让到共军阵地上抬饭，可那是一道命令能够阻挡的吗？至于归队人员的死活，管他的呢，九团回来的那伙强盗，韩博涛爱怎么处理就怎么处理。他惟一要做的，就是向李秉章副军长报告军座的指令，寻找一七九师，找得到找不到，那是李副军长的事。

二

警卫营二连连长马直这几天一直琢磨一件事情，跑的决心是不会动摇了，问题是怎么个跑法，跑到哪里去，是向共军投诚还是回家种地，是带枪投诚还是带人投诚……这天半夜，马直把排长张东山和班长朱三召集到一起，挖出埋在地下的一坛小米，倒出一半，关上门熬了一锅稀饭，刚刚盛到碗里，还没有吃到嘴里，营长蔡德罕一脚把门踹开了。蔡德罕看着那锅小米稀饭，眼睛瞪得鸡蛋大，骂了一声，吃独食，屙驴屎。说完，不由分说扑到桌子边，端起一碗稀饭，一边吹气，一边转动着喝，转眼之间就把一碗稀饭喝完了，还舔了舔碗底。

马直站在一边说，营座，这一碗是我的……你要是觉得不够，那就……

蔡德罕说，深更半夜的，你们聚在这里干什么，是不是想跑啊，要真跑，也得跟我打个招呼啊，没准我跟你们一起跑呢，我胳膊腿还行，不会拖累你们。

马直惶惶地说，明人不做暗事，我们确实……

蔡德罕摆摆手，打断马直的话头说，马连长，我知道你对党国是效忠的，所以把这个美差交给你。

马直愣住了，看着蔡德罕。蔡德罕说，军长让李秉章副军长到三十里铺寻找一七九师，要我们派出一个连护卫，你马上到军需处领粮食。

马直怔怔地看着蔡德罕，"嗷"地一下嚷了起来，领粮食？我的天啦。

蔡德罕神秘一笑，马直老弟，老哥我待你不薄，你知道该怎么做。

马直明白了，心中一喜，双脚一碰，立正道，营座，我明白，领到粮食，我一定给你送一点。

蔡德罕说，哦，不说了，不说了，你看着办。

这样就说定了。马直喝完稀饭，让张东山和朱三跟着，到军需处领粮食。所谓的军需处，就是一个帐篷。军需处给他发的粮食，是十块豆饼，就是榨油之后余下的豆渣，这东西过去是用来喂牲口的。

马直对军需官说，我们吃这个也就算了，可是李副军长也吃这个？军需官说，李副军长的给养，由他的勤务兵保管，你们就不要操心了。马直说，那也不能只给这一点点啊，谁知道什么时候能找到一七九师？军需官说，对啊，不知道什么时候能找到一七九师，我给你多少算够？

马直说不过军需官，自认倒霉，把豆饼分了两块给蔡德罕派来的兵，这才带着一肚皮牢骚往回赶。

走在路上，朱三说，连小米都吃不上，还回去干啥，不如直接到共军阵地上，今夜就能吃顿饱饭。共军天天都在喊，啥时候过去啥时候吃萝卜炖肉。

马直咽了一下口水说，总得拖几条枪吧，带着豆饼去投诚，太寒酸了。

张东山说，咱们不是要护卫李副军长吗，到时候，咱们把李副军长带上一起投诚，那可是一份大礼，没准人人都能官升一级。

马直说，啊，把李副军长带上……你脑子被炸坏了吧，这个念头你想都不要想，想想都会挨枪子的。

张东山被吓住了，扭头四处看了看，对马直说，我也就是随口一说，你干吗说得那么吓人？

马直说，别胡思乱想了，更不要胡说八道，都回去做准备，每人发一斤豆饼，天亮前赶到军部。

三

警卫营的官兵都知道，李秉章副军长是抗战名将，在当年的沧浪关战役第二阶段，他是东线的敢死团团长，连续几次率部穿插鬼子的防线，身上有十几处伤疤。

关于李副军长的传说很多，沧浪关战役开打的时候，马直和他的兵还没有入伍。离他们最近的一次是太行山黄虎岭战斗，当时日本天皇已经宣布投降了，但是占德州鬼子的一个联队声称没有接到命令，拒不投降。李副军长带领楚副参谋长在敌人据点外围开设前进指挥所，指挥一七九师和军部炮团以及警卫营对敌进行包抄，战斗打到白热化程度，李副军长亲率一个团从敌后攀岩穿插，同火速赶来的八路军一个团协同作战，将鬼子的援兵包围在不到三公里的桃花峡谷，经过一天一夜战斗，全歼黄虎岭日军一个联队和前来增援的日伪军近八千人。

那个时候，部队的士气多么高啊，可是，鬼子投降了，如今是和共军作战，部队已经不像部队了。

第二天天麻麻亮，马直就起床了，告诉执勤排长张东山，通知大家收拾行李，人走家搬。张东山鼓起眼珠子问，真不打算回来了啊？马直说，回啥，哪里都不是家，走到哪里算哪里。

到外面转了一圈，就回到连部打背包。人走家搬听起来很吓人，下层官兵的家，实际上就是一个背包，背包在哪里，家就在哪里，就像马直在哪里，警卫二连的连部就在哪里一样。

比起蔡德罕和张东山那些人，马直要讲究得多，只要有条件，他就要洗被子，这是给楚副参谋长当勤务兵的时候养成的习惯。五灵大捷之后，部队在乔城休整，给他发了一条土黄色的新被子，原先的那条也没舍得扔，因为新被子发下来之前，有一个夜晚，一个女人跳到他的被窝里睡了一觉，那床土灰色被子里有那个女人的气味。

问题在于，他不能把两床被子都带走。营长跟他说得明明白白，要轻装。他把旧被子找出来，放到床上展开，情不自禁地扑到上面，使劲地吸了几口气，再把黄色的新被子翻到上面，将被罩剥下来，套在旧被子的外面。新被子固然好，但是颜色浅，用了一年多，不知道有多少次，在梦里，马直以他二十二岁的蓬勃雄壮的生命之笔，在被子上描绘了层层叠叠的山水画，因为吃不饱，有些日子没洗了，看起来花里胡哨的。如今，顾不上那么多了，大家都一样，谁也不会笑话谁。当兵的被子，有山水画是正常的，没有山水画，那才会让人笑话。

不到十分钟，马直就把"家"收拾利索了——最近两个月积攒的饷钱，一双布鞋，一支自来水笔，一块从日军尸体上搜来的怀表，一套换洗的军装、衬衫和两条短裤，牙刷牙粉……还有大约两斤小米，也装在袜子里，统统打进背包。当然，还有那个女人的气息。

早晨喝了一碗豆渣汤，马直就把"家"驮在背上，带领他的连队去向李副军长的副官曹强报到。曹强见马直身后只有三十多号人，皱起眉头问马直，怎么就这么点人？

马直立正回答，报告长官，阵亡了一些，跑了一些，能来的都来了。

曹强说，你这个破队伍，靠什么保护李副军长？

马直说，人少好啊，人少不费粮食……

曹强阴森森地看着马直说，楚副参谋长跟我讲，警卫营二连最有战斗力，连长马直脑子好使，没想到就这三十几个叫花子，怎么保护长官啊。

马直这才明白，蔡德罕跟他说的"美差"，原来是他的老长官楚致远亲自点的将，还是老长官好啊，关键时刻信任他马直。这么一想，心里就升起一股豪气，挺起胸脯说，曹副官你不要看不起我们这些叫花子，上半年黄虎岭战役，鬼子偷袭前进指挥所，就是我们二连，跟鬼子展开肉搏，我冲入鬼子堆里把身负重伤的楚副参谋长抢出来，背了七里地……我们二连，就是那次阵亡了三十多个人，到如今还没有补充，我们二连……

曹强打断马直的话头说，别你们二连了，就那几个人瘦毛长的兵，集合。

正说着话，李副军长从帐篷里走出来，看看马直和他身后的兵，看看帐篷外面的两匹瘦马，再看看正在喘气的嘎斯吉普车，对曹强说，车子就不用了，让他们回去。

曹强说，长官，让车子跟着，万一……再说……

李副军长没理曹强，走到两个电台兵面前，打量了一眼说，把帽子摘下来。

电台兵把帽子摘下来之后，马直才发现，原来是两个女兵，一个中尉一个少尉。再仔细打量，那个中尉他认识，副参谋长楚致远的侄女楚晨，就是在乔城跳进他被窝里睡了一觉的那个女人。一个月前马直还在军部机要处门口见过她，穿着笔挺的军服，皮鞋擦得锃亮，腰杆子挺得笔直，他不敢正视她，她却若无其事地喊了他一声，马连长，我看看你的手指。他赶紧逃开了。一年前他在楚副参谋长家里执行勤务，第一次见到楚晨，她就说过，这个军官的手指很干净。这以后，他又有几次见到她，每次擦肩而过之后，他就会躲在隐蔽处，从后面看她，看她笔直的裤线和齐步行进的屁股，感觉那就像一棵亭亭玉立的小树在移动，每一片树叶发出的声音都让他心驰神往。

可是眼前的楚晨，肥大的粗布军装罩在身上，就像一只鹅被罩在鹅笼子里。不仅头发剪短了，脸色也是黄中透灰，难怪近在咫尺，马直居然没有一眼认出她来。

这些胡思乱想从马直的脑海里一闪而过，不过两秒钟的工夫，两秒钟后他听见李副军长的声音，谁让你们来的？

楚晨立正回答，报告长官，是楚副参谋长派我们来服务长官的。

李副军长说，知道我们要去干什么吗？

楚晨说，寻找一七九师。

李副军长点点头说，哦，知道，很好，可是，这个任务，你们参加不合适……曹副官，马上把她们送回去，换两个男的来。

曹强踌躇了一下，正要回答，楚晨大声嚷嚷起来，长官，我们是国民革命军，男女是平等的，长官，你不能歧视妇女……

李副军长头也不回地说，回去，跟廖军长走，好好活着。

楚晨还想争辩，嘴巴张了几下，突然降低了声音，嘀咕道，好好活着……好好……活……着？

曹强对楚晨命令道，你们两个，赶快回去，向楚副参谋长报告，请他派两个男报务员，在姚家疃向我报到。

楚晨看着曹强，又看看李副军长，嘴里还在嘀咕，好好活着，这是什么意思？

李副军长没有理睬楚晨，走到马直身边，摸摸他的后背，掂掂他的背包，然后指着背包旁边的干粮袋问，这是什么？

马直大声回答，报告长官，是豆饼，我们的粮食。

李副军长说，哦，豆饼，很好。

马直正想说什么，李副军长已经转身了，走到一个看起来瘦小的士兵面前，问他，多大了？

小兵立正回答，报告长官，十七了。

李副军长又问，叫什么名字？

小兵回答，姚山竹。大山的山，竹棍的竹。

李副军长点点头说，哦，姚山竹，好名字，咬定青山不放松。

马直说，这是我们连队最小的兵。

李副军长问，怎么来的？

姚山竹说，抓来的，抽丁。

李副军长把手拍在姚山竹的肩膀上，侧脸对曹强说，走吧。

曹强赶紧上前，指着前方的一个村庄说，姚家疃，目前还有我军的一个营，我们从那里进入孙岗，再往前二十里，就是一七九师六天前的防地。

李副军长看着晨光里的村庄，点点头说，好，很好。

曹强向马直一点头，马直挥挥手，临时编组的两个班快速运动，在前面开路。马直带领一个班殿后。

李副军长没有骑马，跟大家一起走，他不说话，别人也不敢说话。马直数了数，队伍一共有四十号人，除了他的连队，还有李副军长的副官曹强，两个卫兵，两个马弁，还有两个电台兵。乍看起来，也是浩浩荡荡。

四

从驻地出发，走的是大路。

马直很想知道，在这个时候，在这个地方，军长让李副军长带队寻找一七九师，李副军长本人怎么想。马直揣测，李副军长肯定知道这件事情不靠谱，肯定知道这是一桩吃力不讨好的事情。一七九师现在哪里，没有人知道，就算一七九师还在，那也一定是在共军的重重包围之中，让一个副军长带领这么一支小小的队伍去寻找，简直就是肉包子打狗。

疑问太多了，没有一个明确的答案，马直决定不再胡思乱想了。最大的遗憾是楚晨没有同行，最大的庆幸也是楚晨没有同行。这一路上，楚晨本人虽然不在队伍里，但是楚晨笔挺的军服和楚晨的屁股却一直在队伍里，一直在马直的前方轻快地跳动，让马直的脚下平添一股力气，他感觉他不是奔向那个莫名其妙的三十里铺，而是正在奔向乔城。

哦，乔城，黄虎岭战役结束后部队休整的地方，一个盛产煤炭的古城，就是在那里，楚副参谋长在临时下榻的四合院里，拍拍他的肩膀说，好小子，单刀赴会，深入敌阵，简直就是赵子龙，我要是有闺女，就嫁给你。

他当然知道，这是楚副参谋长的客套话，楚副参谋长没有

闺女，但是楚副参谋长有侄女，侄女也行啊，可是，楚副参谋
长为什么偏偏不提这个茬呢？当然，楚副参谋长压根儿不知道
他的侄女曾经跳到他的被窝里睡过一觉，甚至可能，就连楚晨
本人也把这件事情忘记了。

但是马直不会忘记，楚晨永远在他的背包里。

快到姚家疃了，曹强找了个地方，请李副军长坐下来歇
脚。马直让张东山带领一个班进村侦察，同驻守在那里的一个
营联系。不一会儿张东山回来了，说村里压根儿就没有国军的
部队，连老百姓都很少见到，只有一个老人，还是个哑巴。

马直心下明白，国军的那个营，要么跑了，要么投共军
了。显然，到了这个村庄，就在共军的控制范围了，下面的路
该怎么走，谁的心里都没有数。

曹强把情况报告给李副军长，请示怎么办。

李副军长说，很好，人没有了，路还在，接着往前走。

曹强有点犹豫，向李副军长建议，启用电台，搜索信号。

李副军长说，听你的，你负责。

不多一会儿，就传来滴滴答答的电波声。马直远远看着电
台兵忙乎，眼前又出现了楚晨的身影。如果楚晨在这里，他还
会铆足精气神，像黄虎岭那样身先士卒。问题是，楚晨没在这
里，他就是死了，也没有人看见，他就像国共开战以来那些阵
亡的将士一样死得不明不白，他的手指——曾经被楚晨夸奖过
的干干净净的手指，也会出现在那个战地记者的镜头里，像枯
枝一样长着霉斑。眼下，他不想死，他仍然牢记李副军长给楚
晨说的那句话，好好活着。至于活着干什么，他并不清楚，反

正活着总比死去好。

电台兵忙乎一阵，满头大汗，最后哭丧着脸向曹强报告，没有发现本部队任何信号。

曹强皱着眉头问，没有发现任何信号是什么意思，军部的信号呢？

电台兵说，啥也没有，军部也静默了。

曹强的脸刷的一下变了，跑去跟李副军长报告，军部电台静默了，会不会转移了啊？要是军部转移了，不告诉我们接头地点，就算我们找到一七九师了，也联系不上啊……这不是把我们扔了吗？

李副军长笑笑说，别想那么多，各尽其责吧。

再往前走，就没有那么顺当了，要防止共军伏击，还要防止国军的散兵抢粮食。曹强从马搭子里找出一套粗布军服和一双布鞋，建议李副军长把呢料军服和靴子换下来，李副军长笑笑说，不用了，我不能死得不明不白。

李副军长这句话说得很平静，可是马直听起来，却像一声惊雷，原来李副军长什么都明白，他是对准一死的。

眼看就到姚家疃村口了，李副军长站住了，回头看了看马直说，马连长，让你的弟兄们都围过来，我来说两句。

集合队伍的当口，李副军长坐在路边一块石头上，摘下手套擦皮靴，然后扔掉手套，站在队伍中央，举起一只手臂说，弟兄们……

李副军长的声音洪亮，中气很足，好像他面对的不仅仅是四十多人的队伍，而是千军万马，而是万水千山。李副军长说，弟兄们，大势所趋，有目共睹。作为一个将军，我以服从命令为天职，但是你们……放下枪你们就是农民，没有必要跟我一起送死。我的话大家听明白了吗？

在马直的印象中，李副军长难得一次说这么多话。李副军长讲完，队伍里没啥反应。曹强看看马直，又看看李副军长，突然激动地喊了一声，我们绝不离开李副军长，誓死保护李副军长！

马直明白过来，也举起手臂喊，长官，我们不会离开你的，你在哪里，我们就在哪里。

李副军长向马直摆摆手说，你不相信我的话吗，你怕你们离开后我就命令开枪吗？不会了，我再也不会向自己的弟兄开枪了。愿意走的，走吧，放心地走吧，往哪里走都行。

马直说，不，我们不走……

李副军长又向马直笑笑，打断他说，好，你不走，那你就跟着我，可是你不能阻拦弟兄们。

马直的脑袋垂下来，又仰起，看着他的队伍说，你们说说，有愿意走的吗？

队伍安静得就像一片树林，似乎有一阵风吹来，传来的落叶声，风声越来越大，树干开始摇晃。终于，一个哭声传来，长官，谢谢长官恩典，俺上有老下有小，还有一个残疾媳妇，俺，俺……走了。

马直看清了，是他手下的班长朱三。朱三泣不成声，突然跪在地上，给李副军长磕了两个头，起身将枪放在地上，转身走了，起先的几步很慢，一步一回头，像是告别，又像是防备身后的子弹。

曹强说，长官，不能开这个头，这个头一开，咱们身边就没有人了。

曹强说着，掏出手枪，"咔嚓"一声子弹上膛，瞄准朱三的背影，正要扣动扳机，李副军长喝了一声，住手！

曹强手中的枪垂了下来。

李副军长微笑地看着大家说，还有没有想离开的？

没有回答。马直说，报告长官，没有了。

李副军长说，那好，不着急，任何时候，随时随地。走吧。

五

姚家疃不大不小，五十多户人家，不见那一个营国军的踪影，也很少见到老百姓。

恒丰战役持续了一个多月，这一带别说粮食，就是地里的青苗都被啃光了。老百姓全都跑出了包围圈，到共军阵地帮助挖工事，不仅有饭吃，还不用担心被抢。

想想真是寒心，前些年抗战，国共之间虽然也有摩擦，但还是一致对外。抗战胜利了，本来可以重建家园，怎么又反目成仇了呢。共军的传单说，煮豆燃豆萁，豆在釜中泣，本是同根生，相煎何太急。这道理，连傻子都明白，难道蒋委员长不明白？下层官兵也听说，国共谈判了，可是这边谈判，那边蒋委员长调兵遣将。好，这下好了，不到两年，共军越战越勇，从东北西北打到淮海平津，又挥师南下，渡江之后，来个千里追击，秋风扫落叶一般。

马直记得，就在三个月前，廖峰部队还有三个师和两个旅的建制，自从江防崩溃之后，一路狼奔豕突，跑过安徽，跑过湖北，跑到湖南境内，上峰一道命令下来，不跑了，就地阻击共军。廖峰部队在恒阳、丰水一带展开，立足未稳，就被共军一个师咬上了，三天过后，追上来九个师，七万多人，把国军围得水泄不通。

或许李副军长早就看清了下场，所以在同共军作战的时候，他基本上是一个看客，再也没有抗战时期那股血性了，再也不见血战沧浪关的风采了。在整个恒丰战役过程中，都是廖峰军长指点江山。指挥所里有一张躺椅，更多的时候，李副军长在那上面睡觉。

跟在李副军长的身后，马直有很多想法，他想到了李副军长的过去，也想到了李副军长的将来。有一阵子，他似乎产生了幻觉，走在他前面的那个中等身材的将军，他还是个活人吗？也许他已经死了，正在路上行走的只是他的尸体，或者是附在他尸体上的另一个人的灵魂。啊，他是跟在尸体的后面，在尸体的引领下往前走。

这个幻觉让马直毛骨悚然，倏然惊醒，睁开眼睛，看着前方，前方还是那个穿着呢料军服、佩戴少将军衔的活人——暂时还不是尸体。

跑，还是不跑？在进入姚家疃之后，这个一直悬浮在脑海的问题又出现了，并且越来越强烈。有那么一会儿工夫，他盯着李副军长的背影，掂量这个人的体重，盘算他的价码——如果把他挟持到共军队伍，该值多少黄金。他被自己的念头吓了一跳，举目望去，队伍已经在一户人家的院子了，曹强招呼几个士兵，正在生火造饭。

马直的队伍不用造饭，把豆饼掰开，从草渣里挑出豆渣，就着凉水就是一顿饭。生火是为了给李副军长和曹强造饭，曹强从马弁那里要来口袋，一粒一粒往外倒大米，倒了有一斤多，又把口袋扎上。

李副军长在一边看见，吩咐曹强，把口袋里的大米倒出来一半，加上豆渣，熬一锅稀饭，大家一起吃。

曹强有点不情愿，但是不好违拗李副军长，只好又倒了一点米出来。

稀饭熬好之后，李副军长说，一人一碗。你们挑剩下的，是我的。

李副军长这么一说，曹强就很为难，分稀饭的时候反复斟酌，稀稠，多少，一点不敢马虎。

然后就端碗。马直先端，挑了一碗黑多白少的。马直开了这个头，手下的兵就自觉效仿，姚山竹挑了一个豁口碗。挑到最后，剩下的那碗，白多黑少——大米多豆渣少。曹强把它端到李副军长面前，李副军长哈哈一笑说，啊哈，本军要是早一点形成这个风气，何至于被共军打得落花流水。

李副军长说着，端起碗，走到姚山竹的面前，把姚山竹的豁口碗换到自己的手里，拍拍姚山竹的脑袋说，你还小，路还长，多喝汤，少想娘。

姚山竹怔怔地看着李副军长，眼窝一热，眼泪哗哗地掉进碗里。

这一幕马直看在眼里，突然掐了一下自己的大腿，自己跟自己说，这么好的长官，你还想拿他换黄金，你还是人吗？

六

离开姚家疃之后，并没有走多少路，因为不知道往哪里走。天快黑了，看见半山有一座庙，曹强决定不走了，到庙里睡一觉再说。

庙是破庙，好在后院有口井，还有两间可以住人的房子。曹强把李副军长安排到东侧最好的那间房子，布置好警戒，大家又嚼了两把豆渣，就宿营了。

马直不敢入睡，带着张东山房前屋后巡逻，察看通向半山的路线。张东山跟在马直屁股后面，气喘吁吁地说，你说李副军长这么大个官，怎么就没有个主见呢？

马直吃了一惊，怎么啦？

张东山说，共军的传单说得清清楚楚，凡是抗战有功的，一律宽大处理，特别是李副军长，共军聘他为高参，他干吗这么死心塌地当国民党？

马直喝道，不许你这么说李副军长。李副军长是有气节的人，他不会投共的。

张东山说，你怎么知道李副军长不会投共，我跟你讲，李副军长同共产党有交情。

马直说，交情，谁跟共产党没有交情，前些年大家一起打鬼子，五灵战斗中，八路军的连长还送给我一支自来水笔呢。

张东山说，我想起来了，那时候你是排长，我也是排长，就因为那个八路军的连长送了你一支自来水笔，后来你有了文化，当了连长。

马直说，扯淡，我当连长是因为我打仗比你卖命。

张东山说，狗屁，你当连长是因为你是楚副参谋长的勤务兵……好好干吧连座，如果这次行动之后你还活着，没准能娶上楚晨。知道吗，楚晨的爹在军委会，比楚副参谋长的官还大。

马直心里一热，又一凉，拉下脸说，别说没用的，哎，你说，李副军长身边连个女人也没有，奇怪啊，黄虎岭战斗之后，好多大官的夫人都来了，可是李副军长还是寡汉一条。

张东山说，女人嘛，李副军长的心里应该有人……啊，我想起来了，我明白了，你知道为什么廖军长要让李副军长送死吗？

马直吃了一惊，瞪大眼睛问，你这是什么话？

张东山咽了一口唾沫，想了想说，啊，你记得吗？五灵战斗中，李副军长中了一弹，弹头卡在左胸肋骨上，离心脏很近，咱们的医生不敢做手术，听说太行山八路军有个外国大夫，就送到八路军的医院里。送到的时候，那个外国医生已经死了，是一个八路军的女大夫给李副军长做的手术，可是……

说到这里，张东山停住了。

马直说，这个我知道啊，那个女大夫是外国医生的学生。

张东山没接茬，做了个手势，然后低下嗓门说，你听，好像有动静。

马直心里一紧，不说话了，侧耳细听，听了一会儿说，没什么动静啊，就是树叶的响声。你别疑神疑鬼。

张东山说，啊，这几天我总觉得我们身后，还有身边，有一支队伍在跟着，不远不近地跟着。是不是共军在尾随我们啊？

马直哼了一声，你觉得有人尾随，我也觉得，可是，他在暗处，我在明处，他装糊涂，我也装糊涂。

张东山说，啊，你知道有人尾随？

马直说，我不知道有人尾随，也不知道没人尾随，反正，我的任务是护送李副军长去三十里铺，别人不开枪，我也不开枪。

张东山说，狗屁，李副军长死脑筋，我们不能当冤死鬼，他这样做是不道德的。

马直说，你让李副军长怎么做？

张东山说，明明知道这件事情不靠谱，他还一意孤行，拉着我们，几十条生命啊。就算他不打算投共，也应该把话挑明，直接把队伍解散，大家各奔前程。

马直说，你让李副军长命令大家投共？亏你想得出来。

张东山说，他说过啊，任何时候，随时随地，这就是暗示啊。可他不明说，大家还是不敢。

马直眨着眼睛，他也觉得张东山的话有点在理，把握不足地说，也许……李副军长有他的打算，也许还不到时候。

张东山说，那要到什么时候呢，姚家疃的部队不见踪影，一七九师杳无音信，这块地盘，早就在共军视野之内，没准他们已经发现我们了，布下了天罗地网。

马直说……马直想了想，什么也没说，突然耳朵竖了起来，对张东山说，听，好像真有动静。

张东山屏住呼吸，把耳朵贴在地皮上听了一会儿，有跑步的声音……张东山一声惊呼，不好，有人上山了。

马直说，赶紧占领制高点，保护李副军长……跟弟兄们说，不要乱打啊，搞清楚是谁。

两个人向破庙飞奔而去，果然就听到山下有杂乱的奔跑声。

马直从山坡东边跑到西边，把曹强推醒，告诉他有情况，曹强一骨碌跳起来问，是哪家的队伍？

马直说，哪家的队伍都是危险，赶紧请李副军长离开破屋，转移到树林里。

话音刚落，就听一声枪响，接着枪声大作，是张东山组织的外围警戒同来路不明的队伍交上火了。

马直大喊，你们是哪部分的？

回答他的是迎面而来的枪弹。马直连忙卧倒，向庙舍匍匐前进。快到门前，只见火光一闪，庙舍一侧起火了，接着就听有人大喊，找粮食，弄到粮食就走。

房子外面，已经烈焰腾空，火焰像飞舞的银蛇，吞噬着李副军长宿营的厢房。

马直往地上一趴，抱着枪滚到庙舍门前，一脚将门踹开，高喊一声，长官，有情况，快转移！

讲完这句话，马直愣住了。李副军长刚刚穿上军装，扣风纪扣的手上下摸索，他的勤务兵正蹲在地上擦皮靴。

马直大声嚷嚷，长官，火烧眉毛了，还擦什么皮靴啊，赶紧走。

说完，冲上去将李副军长架起来，不料李副军长伸出胳膊，胳膊肘一拐，将他推了个趔趄。李副军长说，什么情况，镇定！

马直说，房子起火了，长官先转移到林子里，我来搞清楚是哪一部分的。

这时候听到山下有人大喊，一营封住左翼，二营正面突击，弄到粮食就撤。

李副军长点点头说，很好，是自己的部队，我去见他们。

马直急得跳脚，嚷嚷起来，长官，黑灯瞎火的，子弹不长眼睛啊，再说，哪里还有什么自己的部队，全都是土匪啊。

李副军长甩开马直，弯腰穿上皮靴，又摸摸风纪扣，昂首挺胸走出门，站在走廊大声问，哪部分的？

没有人回答，枪声在继续。

马直一个箭步挡在李副军长的前面大吼，哪部分的，李副军长……李秉章副军长在此，请不要打枪。

枪声这才稀疏下来。李副军长朝马直挥挥手，又一步一步往前走。马直绕到李副军长前面，一直走出断墙外面，下了山路，山坡上才钻出一个人来，仰头看着上面。

李副军长说，我是李秉章，让你们的长官出来说话。

山下那人说，真是李副军长吗？

李副军长说，提上马灯，靠过来。

那人身后又出现一个人，一道手电筒光射过来，突然传来一阵惊呼，真的是李副军长。长官……您怎么到这里来了？

李副军长说，你是谁？

那人说，我是六团参谋长康恒啊，长官……康恒喊了这一声，又对身后大声命令道，停止射击，赶快扑火，保护长官！

果然是自己的部队，而且还有明白事理的指挥官，曹强和马直这才放下心来。

康恒的队伍号称两个营，其实只有三十多人，子弹倒是不少，粮食一粒没有。马直观察了一下，这些人蓬头垢面，就像饿狼，一个个盯着警卫连的干粮袋。

回到庙舍，康恒一把眼泪一把鼻涕向李副军长报告部队打散十多天的经历，不停地嘟囔，这下好了，见到长官就像见到了娘。

李副军长说，我奉命寻找一七九师，使命还没有完成，你们愿意同行吗？

康恒愣了一下，眼珠子一转说，李副军长指到哪里，我们打到哪里，我们同长官生死与共。

李副军长点点头说，好，很好，不过，不勉强。

康恒挺起胸膛说，长官放心弟兄们都是九死一生，英勇善战，有长官这样的抗战名将指挥，我们一定能够重见天日。

李副军长说，好，很好。

七

消停下来之后，李副军长让曹强把大米倒出来一部分，加上豆渣，熬了一锅稀饭，让康恒的队伍填填肚子。曹强让康恒安排外围警戒，康恒说，我的队伍又饿又累，担任外围警戒，恐怕疏漏，我们还是在内圈保卫长官吧。

曹强向李副军长报告说，康恒这支部队靠不住，他要求担任内卫，会不会图谋不轨啊？

李副军长点点头说，很好，就让他们担任内卫吧。

曹强没辙，只好按李副军长说的办。

安排好了警戒，曹强给马直递了一个眼色，两人一前一后走到一个角落吸烟。曹强说，我看康恒靠不住，贼眉鼠眼的，他主动提出来担任内卫，会不会出事啊？

马直说，我也觉得蹊跷，他的兵老是盯着我们的干粮袋……这样，我让张东山带一个班归你指挥，寸步不离守在长官的门口，我亲自巡查外围警戒，一旦发现异常，首先干掉康恒。

前两个小时，马直一刻也没有放松，一遍一遍地巡查各个警戒点，还不时回到庙舍，察看李副军长门前的警卫和门后的潜伏哨，向张东山询问康恒的动向。张东山说，睡着了，都在院子里抱团睡觉，睡得像猪一样。

马直总算踏实下来，靠在三号潜伏哨位边上的一棵树，迷瞪了一会儿，还做了个小梦，梦见在共军的阵地上，楚晨端着一碗萝卜炖肉，笑盈盈地送到他面前，他还没有吃到嘴，就听一声呼喊，他妈的，康恒跑了，还把李副军长的口粮偷走了。

睁开眼睛，见是曹强。马直一个激灵站了起来，揉揉眼睛问，啊，康恒跑了？不会吧，一点动静也没有啊，也没有火拼……

曹强没有说话，目光有些呆滞。看看曹强血红的眼睛，马直明白了，这是真的。他不明白的是，康恒和他的三十多人的队伍，何以在明岗暗哨的眼皮底下，不仅不翼而飞，还偷走了粮食。

两个人气急败坏地回到庙舍，听听里面的动静，李副军长的声音传出来，是曹副官和马连长吧，进来。

进门之后才发现，李副军长并没有睡觉，手里举着一只烟斗。李副军长举着空烟斗，让曹强和马直靠近，把手上的一块破布交给曹强，让曹强念给马直听——

长官，请原谅我等不辞而别，头夜见到您，我等欢欣鼓舞，以为从此见到了娘，没想到您还要到三十里铺寻找一七九师……长官，恕我直言，如果能够找到一七九师，那就是见到鬼了，一七九师在恒丰战役开始第九天，就变成鬼了，人间没有它，天上没有它，您……您居然还要带领我们去找一七九师，我们商量了，不跟您去送死。长官，冒犯了，没办法，咱们各走各的吧。

信是写在一块红布上的，马直想起来了，庙里有个泥菩萨，菩萨的身上就挂着这块半新不旧的红布，应该是山下的善男信女进贡的……马直一拍脑门说，我知道他们是从哪里离开的，现在追还来得及。

李副军长笑笑说，不必追了，人各有志，随他去吧。

曹强问马直，你怎么知道，他们是从哪里离开的？

马直说，正殿观音座下，很可能是空的，山洞通向下山的路。

曹强说，啊，你怎么早不说？

马直说，我刚想起来，我们老家的庙，也常常当作避匪的藏身之地，不信你跟我去看。

果然，搬开观音泥塑，下面是个洞口，钻进去曲里拐弯走了一百多步，看见一道亮光，推开上面的石头，几步就到了下山的路。

曹强说，原来是这样，这股土匪，熟门熟路啊，也不知道他们什么时候集合的，东西也不知道什么时候偷走的。

回去清点物资，仅有的两袋大米不见了，好在黄豆饼还在。马直让张东山把队伍集合起来，张东山哭丧着脸说，包括李副军长和曹副官在内，只剩下十二个人了。

马直一惊，人呢？

张东山说，跑了，还带走两块豆饼。

马直问，是跟康恒跑了，还是自己跑了？

张东山说，这个不知道，反正是跑了。

马直想了想问，姚山竹跑了没有？

张东山说，这孩子倒是实诚，没有跑。

马直说，那就好，只要有一个人，我们就不能离开李副军长。

张东山说，这话是废话，连座我跟你讲，照这样下去，还会有人跑，咱们得早做打算，不能跟着李副军长一条道走到黑。

马直瞪着眼睛问，你什么意思？

张东山说，秃子头上爬虱子，明摆着的。李副军长的口粮已经没有了，连豆饼也只剩下不到五块，就算不遇上共军，饿也饿死了。

马直说，奇怪啊，枪炮声都听不见了，共军也不来打扫战场。莫非他们发现我们了，故意看我们的笑话？

张东山说，不是看笑话，是等李副军长自己投诚。

马直说，就算山穷水尽，李副军长也不会停步的。

张东山说，那咱们还跟着他干啥，找死啊。

马直火了，一拍腰间的驳壳枪说，张东山你给我听好，再散布消极情绪，老子以通共论处。

张东山说，好，好，我不散布消极情绪，我看你鸡巴还能硬几天？

八

出发之前，曹强摊开地图跟马直商量，中午要到达姚家疃西十二里的庄寨。

马直看着地图说，假如一七九师残部还在三十里铺，就一定有共军的包围圈，我们不能大摇大摆。

曹强在地图上比划说，这里有一条衢河，东西走向，两岸树林茂密，长官的意思是沿河岸走，如果能弄到一条船，那就更好了。

马直说，李副军长英明，虽然走河岸同样危险，总比在光天化日之下好点，万一不行了可以潜水。李副军长会潜水吗？

曹强说，不知道李副军长会不会潜水，不过你这个念头要不得，怎么能让长官潜水呢，那成何体统。

马直也有点不高兴了，嘟囔道，怎么叫不成体统，万一遇到共军，或者土匪，别说潜水，就是老鼠洞也照样钻。

曹强笑了，那是你们……李副军长断然不会钻老鼠洞的。

马直说，啊，是的……可是，真的到了那一步，咱们就不能死要面子活受罪了。你得跟李副军长说说，把他那身呢料军服换下来，别让人老远就盯准了目标。

曹强说，我跟他报告了，他不理睬，你让我怎么办？

马直挠挠头皮说，那就不办，走一步看一步吧。

曹强说，不仅要保护李副军长，还要保护好电台，无论找到找不到一七九师，手上有电台，就是一条活路。

马直说，未必，电台还有可能把共军引来。

曹强说，把共军引来也比饿死强。

衢河不大，最宽处也就五十多米，眼下是夏末秋初，丰水期，在冈峦起伏的丘陵地，河水由西往东，小分队逆流而上，由东往西。

走进河湾的林子里，光线就暗了，在暗处行走，多了些安全感，好像是老天爷在他们的头上撑着一把伞，把他们同人间隔开了。

说来奇怪，这里原本是国共两军交战的场地，自从一七九师没了消息，好像两支军队约好了，一起消失了。刚进入河湾的时候，马直的心还一直提溜着，走了一段，没有情况，就大意了。

临近中午，前方出现一个渡口，河岸有根木桩，当真拴着一条船。

曹强招呼几个兵，呼呼啦啦往渡口奔跑，上前去解木桩上的绳子。马直忽然觉得哪里不对劲，正琢磨要不要把那几个兵喊回来，就见船舱里钻出五个人，端着枪一阵乱扫，那几个兵当场倒下。马直眼疾手快，掩护张东山等人营救曹强，却不料身后的树上跳下来几个人，一阵拳打脚踢，将马直和他的兵悉数捆翻，连曹强也被捆了起来。

马直一边挣扎，一边用眼搜索，还好，李副军长没有被捆起来，却不知人在哪里。曹强一边挣扎一边嚷嚷，你们是哪部分的？

一个脸上有刀疤、显然是头目的人说，老子是打黄虎岭那部分的。

马直听懂了，心中一喜，大叫，快放了我们，我们是李副军长的卫队。

刀疤脸说，你说什么，李副军长……哪个李副军长？

马直说，李秉章副军长，你不知道李副军长吗？

刀疤脸向马直走近了两步，盯着他问，你看我像个傻子吗？我是傻，但是我不比你傻。

马直说，李副军长就在附近，快放了我们，我们去找李副军长。

刀疤脸伸出鹰爪一样的脏手，抓住马直的头发，把他的脑袋扯到自己的面前，嘿嘿一笑说，他妈的，吓唬老子啊，前两天老子遇到一个土匪，他说他是蒋委员长的表弟……嘿嘿，把东西交出来！粮食，粮食，把他们的干粮袋统统给我没收了。

马直跺脚嚷道，你不信，问问曹副官，他是李副军长的副官。

刀疤脸说，去你妈的，别说不是，就是李副军长真的在这里，你也得把粮食交出来。

马直说，我们没有粮食，我们快饿死了……马直正说着，突然闭嘴，脸上一阵痉挛——他看见河湾的林子里，一个人在斑驳的阳光中向这里走来。那是李副军长。

刀疤脸显然也看见了那个人，那个人穿着呢子将军制服，脚上踏着皮靴，高视阔步，一步一步地向刀疤脸走去。

刀疤脸惊恐地后退着，色厉内荏地说，你是谁，我不认识你。

李副军长脸上挂着微笑，向刀疤脸逼近说，你们是打黄虎岭那部分的？

刀疤脸说，是，是，可是……

李副军长哈哈大笑说，老子是指挥你们打黄虎岭那部分的，老子也不认识你啊。

刀疤脸啪地一个立正，报告长官，那时候我是辎重营营副，现在是……七团三营营长罗根堂向长官报到。

李副军长说，哦，很好，你把他们捆起来，打算怎么办？

罗根堂想了想，向身后一挥手说，松绑！

就在这时候，身后蹿上来一个人，挡在罗根堂的面前说，营座，先不急着放人，粮食，粮食啊！

罗根堂明白了，脸上红一阵白一阵，对李副军长说，长官，对不起，人我可以放，可是粮食我得先弄点，弟兄们已经几天没吃饭了……

李副军长看着罗根堂，一字一顿地说，你敢！我带这支分队，是为了到三十里铺寻找一七九师，就一点豆饼了，如果你们愿意和我一道前往，可以同舟共济。

罗根堂起先还很客气，听李副军长讲完，哈哈一笑说，长官你说什么，你做梦吧，一七九师师长投共了，部队全跑了，你还去寻找，你诳我吧。你这个李副军长是真的还是假的？

李副军长冷冷地看着罗根堂，突然伸出两只手，手在衣扣上摸索，一个一个地解开扣子，最后解开风纪扣，再然后，从裤腰里扯出衬衣褂襟，两手一扬，只听一阵嚓嚓的断裂声传来，盖过了湍急的水声。

马直定睛看去，李副军长的两只手掀起雪白的衬衣，胸膛上出现层层叠加的伤疤。李副军长说，看清楚了，老子是不是李副军长？

罗根堂上气不接下气地说，长官，你是李副军长，正因为你是李副军长，我们才不能跟你走，我们不能跟你送死。

李副军长居高临下地看着罗根堂，你想干什么？

罗根堂说，来人，保护李副军长，其余的，把干粮袋给我统统摘下来。

李副军长正要掏枪，一个小头目模样的家伙上前一步，将李副军长的胳膊架住了。接着，又上去几个士兵，七手八脚，将李副军长拖进树林里。

罗根堂打开一个干粮袋，抓起一把豆渣闻了闻，脸皮突然绷紧了，像被谁踢了一脚，骂道，他妈的，这是什么干粮啊，喂牲口的……难道你们就吃这个？

马直说，不吃这个难道还吃山珍海味，你们这群强盗，回到部队，老子毙了你们。

罗根堂说，回部队？哪个龟儿子回你那个破部队，老子要么落草为寇，要么回家种田……弟兄们，你们说怎么办？

先前那个阻挡罗根堂放人的家伙说，反正事情已经做了，一不做二不休，把这几个人干掉。

另外一个人说，不可，咱们就是落草为寇，也是谋财不害命，放人一马，胜造七级浮屠。

罗根堂说，啊，是的，李副军长是抗战名将，这个人是不能杀的，杀了抗战英雄，就是卖国……这样吧，把他的呢制服扒了，好歹值几个钱。上山打游击，老子穿上呢制服，土匪就成洋匪了。

罗根堂说到得意处，转过头来问马直，啊，兄弟你说是不是？

马直挣扎得最强烈，所以他被捆得最紧，反剪双臂，身后还有两个人按着，抬头也很困难。马直说，罗根堂，你讲点人性，李副军长特别注重仪表，你不能扒他的军服……

罗根堂哈哈一笑说，我不扒他的军服，我穿什么？从明天起，老子就是黄虎岭救国游击纵队少将司令。弟兄们，快干活，干完活赶快走啊，上山喽。

马直还在挣扎，罗根堂走过来，顺手抓过一个干粮袋子，塞在他嘴里。

十多分钟后，罗根堂一行带着李副军长的呢制服、三条装着豆渣的干粮袋，从大伙背包里抖搂出来的三百多块光洋，押着两个电台兵和一部电台，登上木船，扬帆而去。

曹强和马直等人原地挪动，背靠背互相摸索，把绳子解开，曹强第一个跳起来说，不好，电台没了，我们就完了。快追！

马直站起来，首先试试腿脚，然后扑到被匪兵扔弃的杂物堆边。还好，他的被子还在，大约因为那上面山水画太多，匪兵不稀罕。马直抱着他的被子，热泪盈眶，嘀咕道，天无绝人之路啊……

曹强一步蹿到马直的面前，嚷嚷道，你怎么啦，什么天无绝人之路，你是不是傻了，赶快去追电台啊。

马直回过神来，冷冷地说，追电台干什么，赶快去找李副军长。

马直话音刚落，就听林子里传来一声枪响。

所有人都明白发生了什么，没有出现意外，没有慌乱，也没有人急着跑过去看个究竟。几个人揉揉手腕，伸伸腿脚，无精打采地往枪响的方位挪动。

曹强迈着鸭步说，知道吗，李副军长早就在计划这一天了，自从国共开战，他就决心不再过问战事，他说他只跟日本鬼子打仗，不跟八路军打仗。

马直说，是啊，别说是李副军长，就是我们这些下层军官也想不通，抗战的时候，八路军干得多漂亮啊。还记得黄虎岭那次吗？我们跟八路军争地盘，闹得那样凶，八路军还是让步了，在冻土岗帮我们打阻击，打死七十多个增援的鬼子。可是国军的报纸，只字不提八路军的事，我们都看不下去。

曹强说，就是黄虎岭那次，李副军长跟我交代，以后万一国共开战，能躲就躲，不能躲就走。

马直说，他就没有投共的想法？

曹强说，这个他没有说……嗨，如今说这些话已经没用了。马连长，让你的兵动动手砍几棵树，削几块板子，我们找个干燥的地方，暂时把长官安葬在这里，做好标记。

马直说，可是，安葬之后我们怎么办？

曹强说，一切都结束了，长官在，我们听命令，长官不在了，那就各奔东西。中国，靠国民党是不行的。

马直似乎有点感动，眼睛一红，问曹强，要不，我们一起去，像你这样的读书人，到共军的队伍肯定有个好差使。

曹强想了想说，来，我给你看一样东西。

走到一个隐蔽处，曹强从贴身的衣兜里掏出一个物件，展开，是一张密令，上面赫然写着，发现李秉章投共，就地正法，授曹强少校临机处置权力。

马直看了一遍，不太懂，又看了一遍，脸色刷地变了，这么说，你是……这密令是军长……？

曹强摇摇头，不是。军长身边也有像我这样的人。

马直惶恐地看着曹强，这么说，你是……?

曹强把手伸给马直，握住说，我暂时不能告诉你，以后……如果还有以后，你会知道我是什么人。可惜了李副军长，一代抗日名将，我没有保护好他，我是这个国家的罪人，是中国老百姓的罪人。

曹强的眼泪倏然涌出，泣不成声。

马直好像明白了什么，拍拍曹强的肩膀说，别说了，我们都有责任，可是谁想到会这样啊……走吧，我们去把李副军长……入土为安吧。

九

李副军长的长筒皮靴不见了，一双布鞋踩在衢河河湾的树林里。

那天在衢河渡口，马直他们听到枪声，都以为是李副军长开枪自杀了，可是走到近处，一行人都愣住了，原来李副军长没有死。

立功的是姚山竹，这个吃了李副军长一碗白汤稀饭的孩子，在渡口出事的第一时间，就把李副军长推到了林子里，李副军长听说是自己的部队，挺身而出之后，又被罗根堂的匪兵架到林子里。李副军长看见姚山竹在远处瞄准罗根堂，怕他开枪暴露目标，这才主动站起来脱下军服。罗根堂的匪兵离开之后，李副军长举起手枪，一枪打在对面的树上。李副军长笑着对扑上来的姚山竹说，我跟你说过，留着小命，该拼命的时候再拼。我这条老命，怎么着也不应该这么丢掉，再等等吧，还有事情没有做完。

后来曹强和马直赶到了，看到的情景让他们胆战心惊，他们认为已经死了的李副军长坐在一截朽木上，脸上挂着一如既往的微笑。马直吓坏了，他以为那是李副军长的尸体在微笑，他壮壮胆子，亦步亦趋地靠近尸体，想伸手摸摸尸体的脑门，突然听见尸体说，怎么，以为我死了？我还活着，我的墓地不在这里。

马直原地不动，僵硬的身体更加僵硬了，想说什么，嘴巴却像被冻住一样。此刻，一缕星光照亮了他黑洞一样的脑海——他自己已经成了尸体，一具站着的尸体。

这个过程不知道持续了多长时间，直到身后有人推了他一把，他听到一个熟悉的声音在脑后轰鸣，马连长，马直，你怎么啦？

马直睁开眼睛，站在面前的是曹强。

曹强说，你没事吧？

马直说，我没事，就是有点……头昏眼花。

曹强说，你得挺住啊，你是连长，要是你也死了，我这任务就没法完成了。

马直伸伸腿脚，试了两下说，还行，我暂时还死不了，就是死，也要把长官护送到三十里铺再死。

把队伍收拢之后，继续沿着河湾走。这些天多雨，林子里杂草横生，藤蔓绊腿，走起来很费劲。

走了半夜，天快亮的时候，曹强向李副军长请示，就地宿营，睡到次日傍晚再走。

李副军长说，那就宿营。

因为东西被罗根堂洗劫了，只有四个背包和几条干粮袋，曹强对马直说，把你的背包解开，给长官当被褥。

马直吃了一惊，眨眨眼睛说，我的背包……我的背包里面有鬼，盖在别人身上别人会做噩梦。

曹强奇怪地问，什么，你说什么？

马直说，我的背包……嘿嘿，你看，这上面都是我的儿子，儿子们夜里会哭，给长官用不合适。

曹强还是稀里糊涂，横了马直一眼，叫过一个有背包的兵，给李副军长找睡觉的地方去了。

河湾的树林里，潮湿的空气夹杂着泥土的腥味，蚊虫个头大，一言不发，撅起屁股叮人。马直知道，林子里不仅有蚊虫，还有蚂蟥，少不了还有蛇和蜈蚣……这些东西对于马直来说，有等于无，他丝毫不在意它们的进攻，多少还有点羡慕它们，它们不知道生死，因此它们不怕生死，活一天算一天，它们叮咬他，是看得起他，把他当作活人叮咬。他的血肉进入它们的肚子里，就意味着他的生命有一部分还活着，它们代表他继续活着。

忽然想起张东山头天夜里没有讲完的那件事情。

五灵战斗发生在黄虎岭战斗前一年，那时候太行山国共双方的关系时好时坏，在五灵战斗中，八路军独当一面，保证了国军侧翼的安全。李副军长负伤后，廖峰发来电报，让前线部队就近把李副军长送到八路军医院抢救。

当时马直是排长，跟随营副蔡德罕带队把李副军长送到设在薛集的八路军医院，几个医生察看了李副军长的伤势，认为风险很大，一旦手术失败，廖峰就有可能反咬一口，诬陷八路军谋害抗日英雄。

关键时刻，一个名叫东方静的女医生挺身而出，说了一句话，救人要紧。就是这个东方静，在马灯下做了半夜手术。马直亲眼看见，东方静走出手术帐篷的时候，步子软绵绵的，几个小时后，李副军长醒来，东方静本人也被送进急救室抢救，据说是患了高血压病。生死一搏，李副军长活过来了，东方静也活过来了，当时廖峰还派人给八路军医院送了十头奶牛，以示感谢。

哪里想到，半年不到，国共撕破脸皮，在恒丰战役之前的一次"剿共"战斗中，廖峰秘密派遣一七八师一个团偷袭八路军后方基地，等李副军长得到消息，策马赶到战场，东方静医生和几十名医护人员悉数倒在血泊之中，这就是震惊朝野的"薛集惨案"。

一七八师的那个团是李副军长一手带大的部队，廖峰之所以派这个团做这种冒天下之大不韪的事情，是为了斩断李副军长同八路军的瓜葛，马直曾亲眼看见闻讯赶来的李副军长泪流满面，仰天长啸，那一声"我是罪人"的呼喊，在马直心里久久回荡。

在这个月光如水的夜晚，马直似乎明白了，为什么自从五灵战斗之后，李副军长就不再过问战事，也似乎明白了，为什么李副军长要坚持走到三十里铺，走到他的目的地……墓地。

十

在潮湿的林子里睡了半夜，一觉醒来，马直看见一轮红日悬挂在远处，树林里像是洒了一地金沙，到处涌动着玫瑰的颜色。枝头上鸟雀喳喳，好像在搞什么庆典活动。

鸟叫把马直的战斗欲望激活了，他坐起来，揉揉眼睛，发现不远处一棵树的枝丫上，两只肥硕的鸟正在交头接耳。他试探着向那两只鸟接近，刚走了两步，腿一软，栽倒在地上。不知道过了多久，他又在鸟鸣声中睁开眼睛，那两只鸟并没有离开，并且瞪着眼睛看着他，好像向他挑衅似的。

他运了运气，想站起来，可是他的双腿拒不配合，他只能以匍匐的姿势向那棵树运动。让他感到愤怒的是，他已经运动到树下了，扔一颗石头就能打中鸟的翅膀了，可是那两只鸟还是无动于衷，还在起劲地唱着它们的歌。

马直听不懂那歌，可是他听懂了它们的口气，它们在嘲笑他。他伸出手指，想从地上抠一块石片，只要有一块三公分大小的石片，他就能准确地削断鸟的翅膀，甚至有可能一石二鸟，然后在树林架起一堆篝火，把这两只鸟烤了，他至少可以分到一个翅膀。

他终于找到了一块半个鸡蛋大的石块，屏住呼吸，把石片举到眼前，从他的瞳仁到石片，再到树上的鸟，三点构成一条直线。他慢慢地绷紧了腿，绷紧了胳膊，收起了小腹……他把浑身的力量都调动起来，集合在右手的拇指和食指上，他只有一次机会，只能成功，不能失败。

好，现在，一切都准备就绪了，可以行动了，他的手在颤抖，胳膊在颤抖。他长长地出了一口气，又深深地吸了一口气，预备，放……可是，就在这个"放"字刚刚跳上嗓门的时候，他的手突然停在空中，他眼前的手，曾被楚晨夸奖过的手和手指，就像几截肮脏的朽枝，散发着霉味，狰狞地扭曲着。

眼前一黑，他感觉地面突然抖了一下，倾斜起来，他迎着倾斜的地面，扑了上去，不过，他的脸还没有挨上地面，就被人抱住了。

马直清醒过来，已经是两天以后的事情了。

渡口事件发生后，曹强调整了行军路线，改成走大路。只走了半夜，发现远处的村庄红旗招展，隐隐听到唱歌的声音。曹强分析那里已被解放军占领了，赶紧指挥队伍，再回到河湾的林子里。在曹强看来，河湾的林子似乎与世隔绝，是最安全的行军路线。

这两天，马直始终处在被动行军状态，一会儿有人架着他，一会儿有人扶着他，一会儿自己走，走着走着就一头撞上前人的后背上。

那场雨来得突然，谁也想不到秋天会有这样的大雨。曹强高兴得大喊，跑步前进，跑步前进，这么大的雨，不会有人出门，不会撞上鬼，跑步前进……

别人跑，马直也跟着跑，只是经常有人推他一把，或者拉他一把。跑啊跑，他感觉他的胳膊长了翅膀，他的脚上安了弹簧，他的身体在雨中腾空，不知道跑了多久，他发现自己已经躺在一棵树下。张东山给他端来一只碗，他喝了一口，没啥味道。

张东山说，连座，你再喝两口，这是鱼汤。

他吃了一惊，鱼汤，从哪里弄来的鱼汤？

张东山说，连座你太吓人了，这两天都是游魂似的，胡言乱语，走路也是迷迷瞪瞪的。你清醒了吗？

他又喝了两口鱼汤，感觉鱼在他的肚子里摇头摆尾。他也像鱼一样使劲地晃着脑袋，想把脑袋里面乱七八糟的东西晃出来，晃了一会儿，睁开眼睛，蒙在眼前的迷雾渐渐散开，他看见了下午的阳光照在林子里，密密麻麻的山水画一块挨着一块，像他的被子那样。他试试腿脚，缓缓地曲起双腿，突然一跃而起，刷刷几下齐步走，走到李副军长面前，抬臂敬了个礼，报告长官，我清醒了，我压根儿就……没有喝醉。

李副军长不动声色地看着他说，很好，很好。曹副官，你再看看，他到底清醒了没有。

曹强拎着一把手枪，走到马直面前，"咔嚓"一声卸下弹匣，把子弹一粒一粒退下来，摊在手心送到马直面前问，几颗？

马直说，七颗。

曹强对李副军长说，这疯子确实清醒了。

李副军长说，好，那就好。

马直抬头看看天，又低头看看地，问曹强，这是怎么回事，这两天发生了什么？

曹强嘿嘿一笑说，什么也没有发生，我们离三十里铺越来越近了，过了洪埠镇就是。李副军长说，他的墓地在那里，他要去找他的墓地。

马直怀疑自己的神经又错乱了，惶恐地看着李副军长。

李副军长抽着空烟斗说，他说得对，到了三十里铺，你们就各奔前程。当然，不到三十里铺，你们也可以各奔前程。

马直说，……哦，我明白了，我们……说到这里，马直精神一振，立正，大声说，我们誓死保护李副军长，我们一定帮助李副军长找到您的……墓地。

十一

鱼是姚山竹钓来的，这个瘦娃子有一双巧手，几次轻装，他也没有丢掉针线包和洋火。在马直半死不活的那个下午，姚山竹找了几根朽枝，燃了一堆火，将缝衣针弯成了一枚鱼钩，别人宿营的时候，他坐在河岸的水凼边钓鱼，还真的钓了几条半斤重的鱼。

这个伟大的胜利给了小分队极大的鼓舞，不仅因为食有鱼，而是从鱼的身上，看到了这一带地皮没有在恒丰战役中被烧焦。曹强有点纳闷地说，怎么会有鱼，难道这里没有军队来过？

姚山竹说，有水的地方就有鱼。

曹强说，小子你这话不对，天上下的雨水里也有鱼？

姚山竹说，有啊，雨水落到沟里，那里的鱼卵就活了。

曹强笑了，拍拍姚山竹的脑袋说，好，你说有就有，鱼在你脑袋里。

两天之后，小分队终于看到了一个较大的集镇，洪埠镇，这是三十里铺以东最后一个集镇，距离三十里铺仅有七里地。

只剩下五个人了，除了李副军长和曹强，还有马直和张东山、姚山竹。马直有些奇怪，张东山一直没有放弃跑的念头，可是经历了这么多危险，居然一路跟了过来。

在洪埠镇外的小树林里，曹强让张东山和姚山竹化装成乞丐爷俩，到镇上要饭并打探消息。张东山和姚山竹刚刚离开，曹强就把马直叫过去说，李副军长要洗澡，让他找一点柴火，烧一锅热水。马直一听，气不打一处来，嚷嚷道，什么时候了，还要洗澡，不要命了。

没想到这句话被李副军长听到了，李副军长在不远处说，命可以不要，澡不能不洗。

马直吓了一跳，赶紧说，遵命长官，可是，柴火我能找到，我从哪里找烧水的锅呢？

李副军长想了想说，算了，我到河里洗，你们……各自方便吧。

李副军长说完，看看马直和曹强。曹强说，也好，现在天还不冷，长官就将就一下，到河里洗澡吧。

李副军长说，不是洗澡，是沐浴。

曹强看看马直，挤眉弄眼地说，听清楚了吧，长官要沐浴。马连长，知道你要干什么吗？

马直说，沐浴？……你让我陪长官沐浴？

曹强脸色一变说，谁让你陪长官沐浴了？你的任务是警戒，防止有人袭击……不，防止有人窥视长官沐浴。

马直眼看李副军长一步一步走到河边，一件一件脱下衣服，只剩下一条短裤，然后一道白光闪过，马直还没有反应过来，李副军长已经劈开河面，浪里白条一般射进河底。马直看得目瞪口呆，喃喃地说，李副军长水性很好啊，你怎么说他不会？

曹强说，李副军长当然水性很好，他自己潜水那是他高兴，但是为了逃命你让他潜水，那就是侮辱他，他当然不会干。

马直盯着远处，夕阳的余晖落在河面上，涟漪像镶了金边的麦浪一样，由近及远地滚动。马直突然一阵紧张，高喊一声，曹副官！

曹强看了马直一眼，不紧不慢地问，你怎么啦？

马直的声音变了，颤抖着，结结巴巴地说，曹副官，李副军长……这么久了，李副军长还没有出来，他会不会……会不会……

曹强明白了，若无其事地笑笑说，你担心他会沉河？不会，他洗澡……啊不，他沐浴就是为了活着。

马直稍稍平稳下来，问曹强，你这话是什么意思？

曹强说，他活着就是为了死去。

马直更加糊涂了，瞪眼问，你刚才不是这么说的啊，你刚才说他沐浴就是为了活着。

曹强说，都一样，他沐浴是为了活着，活着是为了死去。不光是他，你我都一样。

马直说，怎么你越说我越糊涂，难道我是在跟鬼说话吗？

曹强笑了笑说，差不多吧，我们都人不人鬼不鬼了。

马直掐了一下自己的胳膊，感觉到疼，他扬起胳膊，高兴地对曹强说，老子还活着。

曹强说，你说活着就活着。

又过了几分钟，李副军长从河面上露头了，并且站了起来。看得出来，李副军长很开心，脸上难得地露出了笑容，还向曹强和马直挥挥手说，你们也来洗洗，咱们进村。

曹强说，报告长官，我们不洗了，我和马连长为长官警戒呢。

李副军长站在河心说，那好，你们的路还长，往后有的是时间。说完，李副军长一个猛子又扎进水中。

夕阳坠落在远方的地平线上，河面渐渐模糊起来。马直坐在河岸的一块草地上，思绪走得很远，回到了泰山脚下那个破败的村庄，回到了被抓壮丁的那个漆黑的日子，这些回忆像马蜂一样蜇在他的心里，让他很不舒服。他竭力地回忆那些让他快乐的事情，终于，他看到了太行山抗日战场上的那个乔城。

黄虎岭战斗胜利之后，部队驻扎乔城休整，来了一个庞大的慰问团，还有外国人，每天晚上都有舞会。那个时期，廖峰军长和楚副参谋长春风得意，频频举行记者招待会，而黄虎岭战斗最大的功臣李副军长却不见了，听说被派到八路军根据地谈判去了。

有天晚上，马直带领他的兵正在舞厅外围巡逻，只见里面冲出一个人，一看见马直就径奔而来，二话不说命令马直，赶快，把后面那个混蛋给我拦住，不行就动手。

马直认出来是楚晨，一身的酒气。正要问个究竟，一个美国人追了出来，嘴里嚷嚷半生不熟的中国话，密斯楚……等等我，不要误会，我只是想吻你……马直不用脑子也知道发生了什么，迎着那个踉踉跄跄的美国人，假装搀扶，却在下面用脚使绊子，把那个美国人绊得脚不沾地。

眼看楚晨隐身了，马直才挥挥手让两个兵过来，交代一番，那两个兵嘻嘻哈哈地靠近那个美国人，不由分说把他架回舞厅了。马直嗨了一声，楚晨从暗处冒出来，哈着酒气问，你的连部在哪里？马直伸手一指说，就在军官俱乐部的南边。

楚晨说，那好，快把我带到你的连部，给我找一身军装。

马直这才知道，楚晨也喝多了，不知道身上的污垢是她自己吐的还是美国人吐的，反正是气味很重。马直把楚晨带到连部，楚晨捂着嘴，挣扎着把门关上，还没等马直反应过来，楚晨就把旗袍脱下来了。马直赶紧扭过脸去，只听身后一阵响动，楚晨的旗袍从他身边飞过，落在门后，接着他的胳膊被砸了一下，那是楚晨的高跟鞋。马直原地傻站着，几分钟后，身后传来呼噜声，楚晨已经蒙着他的被子睡着了。马直没有地方去，只好在连部门口溜达，直到天快亮了，怕别人看见不雅，这才开锁进门，把楚晨推醒。楚晨酒醒过来，坐在床上，用被子护住前胸问马直，你看见了什么？马直说，我什么也没看见，你醉了，我也醉了。楚晨突然骂了起来，他妈的，王八蛋杰克逊，跳舞不老实，捏我的屁股，他以为姑奶奶喝醉了。

楚晨说着，跳起来扯衣服，胸前的两个坨坨在马直的眼前跳了一下，马直差点儿晕了过去，好不容易才站稳了，故作镇静地说，姑奶奶是喝醉了，不然就不会跑到我的房间睡了半夜。

楚晨惊讶地说，你的房间？你不是我二叔的勤务兵吗？我还以为这是我二叔的家。

马直苦笑说，是的，哪里都是你二叔的家。要不，你接着睡？

楚晨想了想说，哦，是的，是你的连部。算了，我醒了，赶快送我回机要处。这件事情，不许对我二叔说啊。

那天早晨，楚晨穿的是马直的军装，两天之后军装还回来，口袋里多了两块黑乎乎苦苦的糖。马直舍不得吃那两块糖，把它们装在口袋里，捂得像稀牛粪一样，后来才知道，那东西是洋玩意，名叫巧克力。

这以后，再见到楚晨，马直的心里就有一些异样的感觉，总觉得他同楚晨之间多了一些瓜葛。可是，过后再同楚晨打照面，楚晨差不多没拿正眼看过他，好像他们之间什么也没有发生……现在想起来，马直有点后悔，假如，那天他也动手去捏楚晨的屁股……啊，这样太下流了，马直看看河面，突然警醒过来，看看人家李副军长怎么做人的……可是，他还是有点憋屈，特别是想到楚晨以后对他不冷不热的态度，他就愈发懊恼，甚至仇恨，他想，就算那天夜里他把楚晨的被子——何况还是他自己的被子——掀开，看看总可以吧……不，还是没有动手的好。那层被子，保住了他的气节，没准也保住了他的小命。

他又往河面看了一眼，李副军长已经上岸了，瘦骨嶙峋的身体在月光下面泛出幽暗的微光，这微光让他想起了鬼火，小时候在野外坟地里看到的磷光。

十二

傍晚时分，张东山和姚山竹回来了，干粮袋里装满了食物。张东山说，他和姚山竹穿过一条街道，居然没有受到任何怀疑。镇上要饭的乞丐太多了。

曹强选了半块看起来还算干净的杂面饼子递给李副军长，李副军长坐在一截干粮袋上，捏着饼子，两眼盯着前方的树，听曹强禀报。

有消息确认，一七九师经过共军的围困和连续三次穿插突击，部队化整为零，作鸟兽散。师长朱鼎带领警卫营仅剩的三十八人主动缴械，混了个投诚的称号，被共军送到战俘管理营当教员去了。

曹强郑重其事地向李副军长建议，干脆向解放军投诚，好歹混口饭吃。凭借李副军长抗战英雄的名气，共军一定会优待，奉为座上宾。

李副军长说，还是河湾好，林中一日，世上百年啊。

曹强看着李副军长，不知道他这句没头没脑的话指的是什么。曹强说，如果长官抹不开面子，可以隐姓埋名，先以李春成的名义到解放军收容站登记，每天可以领到一斤小米。

李副军长说，我的目的地在三十里铺，我不能在这里苟且。

曹强看看李副军长，又看看马直，苦笑一下，招呼姚山竹过来，用几条干粮袋垫在地上，安顿李副军长宿营，然后给马直做个手势，两人一前一后离开李副军长，在月光下漫步。

马直是北方人，长江以南是第一次来，感觉这南方的树林有点阴森森的，特别是头顶的月亮，忽明忽暗，就像人的眼睛，睁一只闭一只。曹强的步子也很奇怪，忽慢忽快，拖得他跟跟跄跄。那个问题再次挂在心头，我们这是到哪里去，我们要干什么，李副军长要找的是他的墓地还是目的地，找到之后该怎么办？

再看前面那个人的背影，也很陌生，好像那个人也不是活人了，还有留在林子里的张东山和姚山竹，算不算活人，他现在很难确定。当然，还有他自己，他不能确定在月光下跟着一具尸体前行的自己是不是一个活着的人。

登上一个高处，前面的那个人站住了，指着远处问他，看到那个村庄了吗？

他说，看见了。

其实啥也没有看见，只是看见一片黑乎乎的东西。

前面那个人说，那个村庄叫于楼，是洪埠镇东边较大的村落，估计也被共军占领了，我们明天一早出发，不管李副军长同意不同意，就到那里向共军投诚，先把肚子填饱了再说。

他说，好。

说了这个字，他觉得不对劲。李副军长？共军？投诚？这些字眼对他来说，都很陌生。这是哪个世纪的事情？他依稀想起了一个人，马直，山东泰安人，民国十五年出生，民国三十三年被区公所以抗税为名，抽丁入伍，在廖峰部队五团服役，参加了马江战斗、楚城战役、五灵战斗、黄虎岭战斗，因为作战勇敢，受到团长楚致远赏识，后随楚致远调至军部担任警卫营二连排长，继而晋升为连长……他在回忆经历的时候，突然想到一个问题，假如李副军长找到了他的墓地，那墓地有没有他的一席之地，如果有，他就应该把自己的履历回忆清楚，写在墓碑上……当然，他可能不会有墓碑，想这个问题纯属扯淡。就算他有墓碑，谁会来给他烧纸呢，难道是楚晨？

啊，楚晨。现在，马直真的很懊恼，无数次缩在被窝里，无数次抱着那床旧棉被，无数次想象，那天楚晨在他的被窝里都干了些什么，难道就那么像猪一样地死睡，就没有想过那是一个男人的被窝，那个男人经常用他的青春之手在那上面描绘山水画？

突然，他的心脏抽紧了，他想到了一个至关重要的问题，乔城之夜，楚晨在他屋里脱旗袍，他已经看见了楚晨胸前的那两坨东西，可是，他并不知道它们长得是什么样子，因为楚晨并没有脱下她的胸兜……或者楚晨在脱下胸兜的时候他已经站在门外了……他想啊想，到底看见了没有，因为没有灯啊。似乎是，那天他和楚晨进屋的时候，他手里的电筒就被楚晨夺了过去，楚晨夺下电筒就对他喝了一声，出去!

天啦，出去，出去，出去……马直悲凉地想起来了，其实那天他什么也没有看见，楚晨夺过他的手电筒就给他下了一道命令，出去，出去——后来他脑子里出现的那两坨东西，从他身边呼啸而过的旗袍和高跟鞋，全是他自己的想象，或者说是他听到的。

出去，出去，出去——

猛地，他被人推了一把，马连长，你怎么啦，又犯羊角风了吗?

他说……他啥也没有说，他觉得张嘴有点费劲。

曹强站在马直的面前，眼睛充满了血丝。曹强说，马连长，我跟你讲，这个时候，我们都必须坚强起来，长官能不能找到他的墓地，只能靠我们两个。

马直拍拍自己的脸，好让自己的嘴巴能够顺利张开，果然，这下嘴巴张开了。马直说，曹副官，我听你的，活着听你的，死了也听你的。

曹强说，啊，死了也听我的，你死了还能听到我讲话吗?

马直说，我已经死了很多次了，可是每次你讲话，我都听见了，我一直跟着你走。

曹强说，那好，现在我就跟你讲，下一步到于楼，不管李副军长什么态度，我们都不往前走了，我们在于楼等共军。

马直吃了一惊，啊，等共军，你要背叛长官?

曹强说，不是背叛长官，我要救长官。

马直点点头说，明白了……曹副官，你跟我说实话，你跟共军有没有联系，如果你是共军的人，干脆去报告，把李副军长交给共军，防止有人抢先一步把李副军长卖了大价钱。

曹强说，你凭什么说我是共军的人？

马直说，就凭这一路上没有受到共军的阻击，就凭……从离开姚家疃那天起，我就发现有一支部队尾随我们，我分析那是共军的部队。在衢河渡口，李副军长没死，我指挥大伙清点物资，就那会儿工夫，我看见你一个人走到渡口南边，有个人站在那里等你，你们在那里嘀嘀咕咕很长时间，我怀疑你和共军的情报员接头。

曹强看着马直，就像看一只猴子，嘟囔道，接头？真是大白天见鬼了，我怎么会在那里同共军接头呢，就在你们的眼皮底下……哦，我想起来了，那天我是到渡口南边去了，可是我在那里撒尿，那里根本就没有人。

马直说，我分明看见了一个人，你面朝他背朝我，你们讲了一个多小时……再说，那时候你根本没有尿，枪声响起来的时候，你已经尿裤裆了。

曹强盯着马直的眼睛，马直仰起头来看天。曹强绝望地说，妈的，我现在不是在跟一个人说话，我在跟一个鬼说话……不，我是跟一群鬼说话……好好，你说我接头就是我接头，下一步，到了于楼，我就大张旗鼓地接头。我他妈的再也不在河湾里当水鬼了。

曹强刚刚把这句话讲完，就听天空响起一个炸雷，接着就是倾盆大雨。曹强怔了怔，突然高声喊了起来，又下暴雨了，前进，前进……

前进，前进，不知道前进了多长时间，马直腿一软，扑在泥水里，往后的事情他就不清楚了，脑子里一直有个声音。水从天上来，从山头来，从树根和草叶上来，哗啦啦，哗啦啦，一直响个不停。

十三

枪声传来的时候，马直正在做梦，梦乡是一个名叫"薛集"的地方，他看见倒在血泊之中的八路军女医生东方静，东方静是扑在伤员的身上中弹的，中弹后她站了起来，掠掠头发，双脚离开地面，慢慢升到空中……天边，一匹白马扬起四蹄，像流星一样划着弧线，弧线在空中同云层摩擦出耀眼的闪电，我来了，我来了，我来迟了……雷电的声音敲打着地面，一阵暴雨落在林子里。马直在将醒未醒之际又持续了几秒钟，就在这几秒钟里，他看见李副军长跪在几十具尸体中间，李副军长说，她见到我的时候，我是死人，我见到她的时候，她是死人。我是罪人，我是罪人，罪人……李副军长举起手枪，对准自己的额头，连开三枪……

枪声由远及近，马直睁开眼睛，发现自己躺在……不，是同一棵树站在一起，不知道是谁把他捆在这棵树上。后来想起来了，离开河湾的前一夜，大雨滂沱，没有办法宿营，曹强要求大家用背包带把自己捆在树上睡觉，他是抱着一棵树做的梦。几秒钟后，姚山竹过来了，帮他解开了背包带，他踉踉跄趷滚到曹强面前问,哪里打枪?

曹强说,我也不知道哪里打枪,管他妈的,我们走吧,到于楼,谁打枪都无所谓了。

十分钟后,这支小分队终于像水鬼一样钻出了衢河河湾的林子,踏上了通向于楼的大路。

雨停了,阳光洒下来,在地面溅起一地金黄,田野里弥漫着清新的气息。马直的脑子里突然蹦出一句话,人间真好,真好。

曹强走在队伍的前头,马直追上去说,曹副官,你跟共军联系好了吗,我们这就去投诚?

曹强说,联系好了,我十年前就跟他们联系好了。

马直说,我没有犯病吧,我觉得这会儿清醒了,我看见天上挂着星星。

曹强说,你没犯病,我犯病了,我看见天上挂着的不是星星,是来迎接我们的共军。

马直说,可是,我们就这样回到人间,李副军长他同意吗?

曹强说,他当然同意,他已经死了。

马直点点头说,哦,死了……死了好,死了就解脱了。

说完这话,马直愣住了,哇地喊了一声,转身去看,看见张东山和姚山竹抬着的担架,上面躺着李副军长。马直等在路边,等担架走近了,伸出脑袋,贴在李副军长的额头上,李副军长的额头像是被开水烫过,热乎乎的。这才知道,李副军长患了疟疾,高烧一夜了,不管往哪里走,他都管不着了。

曹强说，就算前面下刀子，也不要停下，赶快去找共军……不，去找解放军，我们要解放，我们解放了。

当天中午，小分队到达于楼，还没有进村，就看见一队解放军战士坐在村口唱歌。马直说，不好，这里是共军的天下，赶快回到河湾。

曹强一把扯住马直说，哪里都是共军的天下。说完这话，曹强高声喊了起来，解放军弟兄们，我们回来了，我们……抗日战争的战友，我们在五灵战斗和黄虎岭战斗中并肩战斗，我们回来了……

迎面过来的是解放军的一名营长，惊讶地问，你们……你们怎么弄成这样？

曹强说，我们哪样了，我们好得很。

营长说，好得很？看看你们，蓬头垢面，破破烂烂，说好听点你们是叫花子，说白了就是一群鬼。

曹强说，你是解放军吗，解放军怎么这么说话？

营长说，我说的是实话，赶快，到村里，我给你安排一个地方，先洗洗，洗干净了到营部登记。

马直说，不，我不洗，打死我我也不洗。

营长说，怎么，还挑三拣四？先洗，我们不要肮脏的俘虏。

马直说，我们不是俘虏，我们是来投诚的。我们要吃饭。吃饭是第一位的。

曹强说，胡说，吃饭不是第一位的，给我们的……曹强指指担架上的李副军长，对营长说，这是我们的……赵团副，发高烧，差不多快死了，看看能不能救活。

营长惊讶地说，啊，团副，这么大的官啊，卫生员，卫生员……

营长喊了起来，不多一会儿，来了个背着药箱的战士，摸摸李副军长的脑袋，二话不说，从药箱里找出一支针剂，注射进了李副军长的胳膊。

趁解放军的营长不注意，马直对曹强嘀咕，都什么时候了，还瞒着，干脆把李副军长的名号报给他们，也许我们能吃上一顿肉。

曹强低喝一声，胡说，报他的名号，一定要征求他的意见，等他醒了再说。

马直说，他要是醒不过来怎么办？

曹强说，醒不过来？醒不过来我们就不能报他名号……醒不过来，那就把他埋在三十里铺，我这里还有他的遗嘱呢。

马直说，啊，遗嘱，他都交代好了？那……咱们……那就先不报他的名号吧。

一会儿，又来了一个解放军首长，估计比营长大，首长听说有个国军团副患疟疾，交代营长，赶快把病人送到团部卫生所去。

一个下午，小分队摇身一变，各自有了新身份，洗了澡，吃了饭，登了记……解放军的营长派了两个兵，送来几身解放军的军装，几个人这才恢复了人样。营长跟他们讲，现在俘虏兵、投诚兵太多，恐怕照顾不周，你们先在甄别学习班里学习，汇报抗战以来的所作所为，等待组织上分配工作。

到了学习班，马直和曹强被分到一个宿舍，马直放下背包，忧心忡忡地说，李副军长也不知道怎么样了。

曹强看着马直说，我无能为力，你也无能为力，也许，他自己知道该怎么做。

马直说，可是，我们已经投诚了，还在隐瞒李副军长的身份，这不是不老实吗？

曹强把自己的包袱打开，不紧不慢地铺床，抖抖床单说，今天……再等一夜，看看李副军长那边什么动静，要是他自己没有暴露，明天，我们就向解放军报告。

马直说，好，那就再等一夜。

马直说着，解开了自己的背包，倏然，他的手抖了一下。这一路上，他几次神经错乱，居然没有丢掉他的背包，他把成百上千个梦背到了今天，他把楚晨背到解放军的队伍里来了。明天，明天会发生什么呢？

半夜里宿舍的门被敲开，白天接待他们的解放军营长心急火燎地告诉曹强和马直，他们的赵团副不见了，要他们帮助寻找。

两个人不约而同地想到了一个地方，三十里铺。曹强用探询的目光看了马直一眼，马直点点头。曹强这才一五一十地向营长讲明真相，营长一听说赵团副原来是李秉章，二话不说，飞身上马，径奔团部……然后是，情况一直报告到刘邓首长那里。刘邓首长高度重视，指示务必找到李副军长，务必保护好李副军长，西南军政委员会拟请李副军长担任步兵学校副校长。

此后的十几天，部队在洪埠、于楼、三十里铺等地多方搜索，又派出几支部队从于楼回到河湾，沿衢河渡口、姚家疃等地搜索，均未见李副军长踪影。

补记

马直和曹强、张东山、姚山竹参加了解放军，在解放战争最后阶段，先后成长为解放军指挥员。抗美援朝五次战役中，马直担任志愿军某部团长，有一次到军部受领任务，同军政治部保卫处副处长曹强相遇。曹强告诉马直，他在前不久的英模会上看到一个人，友军的一个大功营长，年龄较大，很像李副军长。

马直说，不可能啊，李副军长那么大的官，怎么可能在志愿军当营长，你看他长得像吗？

曹强说，当时我在会场布置警卫，看见英模团整队从我面前通过，长相看不出来，可是我就觉得他像，他目不斜视，昂首挺胸的样子很像。

马直说，他没有作报告，散会后你没去找他？

曹强说，没有作报告，散会时我忙着调整部队，转眼之间就找不到那个人了。一个月后我去找那个团的团长，了解那个营长的情况，那个团长说，那个营长因为重伤回国了。

马直说，就没有个名字？曹强说，那个团长跟我讲，那个营长资格很老，抗战的时候就是武工队长，名字叫赵凯。可是，我总觉得他就是咱们的李副军长。马直说，我也觉得李副军长没有死，可是他在哪里呢，肯定不是你说的那个营长。

八十年代初期，解放军某部师长姚山竹休假来到大别山腹地，打听到一个名叫陈锦绣的女人，这个女人已经儿孙满堂，老伴是一个木匠。姚山竹问陈锦绣认识不认识李春成，陈锦绣激动起来，拍着茶几说，怎么不认识，当年我们在一个学校当教员，还自由恋爱了，就快结婚了，他跑了，说是到东北打日本，一走就是五十年……那个死鬼啊，可把我害苦了。

终于就到了二十一世纪，抗战胜利六十周年纪念日前夕，军队离休干部马直和某省原政协副主席曹强，到北京参加一个会议，一天晚上，在京西宾馆楼下一个小馆子里，两个年逾八十的老人喝了一瓶酒，然后制订了一个庞大的旅游计划。身边的工作人员按照他们提供的标准，通过电脑查询，在全国范围内一共找到五十二个三十里铺，二人决定从恒丰战役中的三十里铺开始，一个一个地走，走到走不动为止。

鲜花岭上鲜花开

一

就像许多成功人士一样，毕伽索也遇到了那个绕不过去的问题，挣那么多钱干什么？随着财富和年龄的增长，这个问题越来越是个问题。

毕伽索的事业是从打工子弟小学开始的，然后中学，后来又办了几所职业大学，再回过头来办幼儿园，形成了一个规模较大的民营教育体系。从报表上看到不断刷新的数字，毕伽索突然觉得哪里不对劲。是啊，挣那么多钱干什么？缺钱的时候这不是个问题，钱多了这就是个问题。大约从去年秋天开始，一个念头越来越清晰，他想把钱花出去一部分，为故乡干街做点事情。

毕伽索把这个想法对妻子说了，唐多丽以她惯有的思维方式对毕伽索说了三点看法：第一，有钱就烧包，那是诗人。作为一个企业家，理性永远是成功的前提。第二，在家乡做生意，赚了是为富不仁，赔了是搬起石头砸自己的脚。

毕伽索对妻子的观点向来嗤之以鼻，但是他又不得不和她商量。和她商量只是一个程序，并不指望她支持。回答唐多丽的反对，他最经常的一句话就是，不要和成功者唱对台戏，成功者是不应该受到指责的。

但是唐多丽还有第三，这是在毕伽索彻底忽视她的意见之后被迫说出来的——第三，不要以为你有钱了，你就是人物了，其实在干街人的眼里，你永远是一个逃兵的儿子。

唐多丽讲这话是在她动身去美国的头天晚上，这番近乎人身攻击的话语在毕伽索的心头狠狠地插了一刀。要不是她即将背井离乡去给女儿陪读，毕伽索真想给她两耳光子。他忍住了。毕伽索说，老子就是要在干街烧一把钱，要让干街人仰起脑袋看看那个逃兵的儿子。

朦朦胧胧中毕伽索有一个想法，在干街的旧址上，为他爹塑一尊雕像，让干街人眼里的所谓逃兵、一个话都说不清楚的小裁缝成为干街的彼得大帝，光照千秋。当然，这只是一时心血来潮，以他目前的地位和心态，他还不至于做这么没文化的事情。

这个夜晚，毕伽索辗转反侧，唐多丽的话对他刺激很大。那个朦胧的想法又一次执拗地蹿了上来，即便不能在干街为他的父亲塑一尊雕像，但是做一点事总是可以的吧。这么多年来，他毕伽索可以不在乎很多事情，但是干街他不能不在乎。在毕伽索的感觉里，即使他混得再体面，如果得不到干街的认可，那种体面就要大打折扣。何况，干街还有个韦梦为呢。

诚然，干街的历史并不是从韦梦为开始的，但是，只要提起干街的历史，就不能不说起韦梦为。从毕伽索记事起，韦梦为这个名字就像星星一样悬挂在他的脑海里，韦家三少爷，中学校长，红军师长，文学翻译家，北上抗日支队司令，这些互不关联的头衔莫名其妙地集中在同一个人的身上，曾经给少年毕伽索带来了无穷的想象。小时候他听大人说，过去的韦家三少，穿西装、喝咖啡都要用外国货，韦家良田遍布三省五县，上海、北平、安庆都有韦家的商号钱庄，号称马行千里不吃别人家的草，人走万里不住别人家的店。民国十六年，韦家遭遇了一场奇特的变故，刚从俄国留学回来的韦梦为被当地的农民绑架，韦家斥资千金赎票，至此之后家业逐年败落。后来才知道，策划绑架韦梦为的，正是韦梦为本人，他把他们家的钱财都捣腾出去买枪了，拉起了一支队伍开进了西边的山区，那支队伍后来成为声名显赫的红九师。红九师师长韦梦为，跟士兵一样穿草鞋住草棚，数次抵御了国民党军和军阀的"围剿"，并且还在根据地建立了苏维埃政权和英特纳尔大学城。直到全面抗战爆发前夕，韦梦为的部队北上途中被国民党军伏击，韦梦为本人在激战中牺牲。

在干街，韦梦为的故事流传很广，他作词作曲的一首歌，毕伽索很早就会唱——鲜花岭上鲜花开，花开时节红军来，红军来了为平等，平等世界人是人……会唱这首歌的时候，毕伽索还不大清楚歌的含义，他的问题有两个，一个是"平等世界"是什么，为什么那么重要？第二个是，韦梦为那么大的家业，他为什么要去吃那份苦受那份罪？直到考进师范后，毕伽索读到一本俄国小说《苦难英雄》，他才好像明白了，原来韦梦为要当英雄，韦梦为和韦梦为们，要救天下。那本书的译者，正是韦梦为。这个发现让高中生毕伽索激动得泪花闪烁，那天他甚至把自己想象成了韦梦为，他也要救天下。

当然，很快他就发现，他当不了韦梦为，因为他的少年时代别说穿西装喝咖啡，这两样东西他连见都没有见过。再往上讲，他的爷爷是韦氏庄园的挑水工，而他的父亲毕启发，在参加新四军之前，也是韦家的挑水工，尽管那时候的韦氏庄园已经败落了十之八九，也仍然是干街的标志性家族。

几十年过去了，毕伽索凭借独特的眼光和智慧，终于成就了一番事业，财富总量甚至超过了当时的韦氏庄园，但是，他还是没有办法跟韦梦为相比，韦梦为的事业天大地大，而他的事业再大，也不过是一个民营企业家。他之所以把他的企业注册为梦为集团，感情是非常复杂的。

农历二月上旬，妻弟唐斌在电话里给他讲了一个笑话，前不久退休干部乔大桥回到干街，发了一通牢骚，说街道不能建在公路两边，电线不能架在房顶，还说希望部分恢复干街过去的光景，在十字街搞一个唐宋村，健全空巢老人和留守儿童的教育和服务设施。副县长韦子玉还为这件事情到干街，跟苗老师要走了唐宋时期的干街图。

乔大桥，毕伽索认识，老县委书记乔如风的儿子，当过军分区司令，过去一直是干街人羡慕的对象，如今也解甲归田了。毕伽索突然在电话里哈哈大笑，对唐斌说，啊，那个乔大桥，站着说话不腰疼啊，你要是见到他，给我带个好，问他愿不愿意到梦为集团工作，给我当工会主席。唐斌似乎吃了一惊，什么，姐夫你说什么，让乔大桥给你打工？毕伽索说，如果他愿意来，我给他开的报酬是他工资的十倍。唐斌说，姐夫你开玩笑，乔大桥，乔司令啊，给你民营企业打工，这不可能。毕伽索说，一切皆有可能，有钱能使鬼推磨，有钱也能让磨推鬼。

当然，这话只是说说，说说就过去了，唐斌没有当真，毕伽索自己也没有当真。

就在跟妻弟通话不久，毕伽索又接到干街小老弟韦子玉的电话，说他近日要到深海市拜访毕伽索。

韦子玉是受县政府委派，专程到深海招商引资的。县里决定在干街兴建文化街，需要钱。韦子玉首站拜访毕伽索，足见毕伽索在干街商人中的大佬地位。老乡见老乡，两眼泪汪汪，那几天，说不完的乡情喝不完的酒，行则同车，卧则邻榻。有一回，两个人醉了之后，又带上一瓶茅台到房间喝醒酒酒，果然越喝越清醒。毕伽索说，我总觉得，咱们的干街就是一座城市，在历史上曾经很风光的。有时候梦里回到干街，看到的是圆柱拱顶建筑，高大巍峨，好像欧式风格。

韦子玉醉眼朦胧，扯过自己的皮包，连扯带拽找出一张复制的图纸，在毕伽索面前摇晃，老大哥你看，这就是干街的过去，宋朝年间，设州治，文峰州。

毕伽索接过图纸，仔细端详，隐隐约约可见天穹一座尖塔刺破晨曦，一条大河由远及近，河面帆影点点，岸边楼宇鳞次栉比错落有致。近处是一个阔大的庭院，花木葳蕤，绿荫深处，掩映灰楼一角。

看清楚了吧，这就是传说中的韦家大院。韦子玉斜着眼睛，在茅台的氤氲中睨视毕伽索。

韦子玉是韦梦为的侄孙，韦氏庄园的传人，毕伽索感觉这个小老弟今天跟他讲干街的历史，隐隐流露出一丝优越感。毕伽索不悦地说，就是说，这就是你们家的老宅。那我们家呢，在哪里？

喏，这里。韦子玉伸出一个指头，戳在照片的一角，这里，你们毕家，在"干"字下面一横的左下边，上世纪六七十年代，这里叫工农兵成衣店。

毕伽索怔怔地看着韦子玉，酒醒了大半。他回忆起来了，十字街东南角，是成衣店，他的残了一条腿的父亲毕启发是这个成衣店惟一的男性，夹杂在六七个中老年妇女中间，尽管有个技术员的头衔，实际上就是量尺寸剪布。小学四年级那年，有一回放学从成衣店门口过，韦子玉的二哥韦二毛喊了一声，看，毕得宝的爹——那当口，他的名字还叫毕得宝——毕得宝看见他爹肩膀上搭着一溜儿蓝布，哈腰弯背正在一个妇女的身上上下丈量，然后一高一低地走到案子前面，拿粉笔在布上左画一道右画一道，那副模样，简直就是一个小丑。毕得宝不知道哪里来的火气，冲上去揪住韦二毛，两个人打得不可开交。韦二毛一边挣扎一边大喊，我又没说你什么，你怎么打人啊！毕得宝一言不发，只是揪住韦二毛不松手，后来还是毕裁缝听到动静，踮着鸡步奔出来，把毕得宝拉开，照他脸上就是一顿老拳，这才把风波平息下来。

多少年打拼在外，什么都有了，但在毕伽索的骨子里，总感觉还缺什么，毕裁缝的名号，是毕家压在他身上的第二座大山。如今韦子玉提到工农兵成衣店，让他心里很腻味。毕伽索说，你什么意思？你是提醒我，你们家书香门第，毕家血统低贱是不是？

韦子玉哈哈大笑说，大哥，你想多了，我只是回忆你们家的位置。

毕伽索冷冷地说，我们家住在西头，不住成衣店。

韦子玉说，那是我无知，我原来以为你们家就是成衣店，成衣店就是你们家。

毕伽索不吭气。韦子玉明白了，讲干街的历史可以，讲干街人的身份地位，对毕伽索来说是个敏感话题。

韦子玉坐起来说，这些年我在县里工作，同政协文史办的人打交道，把干街的历史搞了差不多，原来我们干街，有五大家族，韦、戈、乔、毕、洪，你们毕家排在第四，退回一百五十年，干街毕家也是方圆百里的望族。

毕伽索吃了一惊，问韦子玉，你说的是真的？

韦子玉揉着眼睛说，假作真时真亦假，大哥，你要相信，这就是真的。你要是不相信，我也没有办法。问题是，你愿意相信是真的还是假的？

毕伽索觉得韦子玉的话有点绕，似乎暗含着玄奥。但那天夜晚，他没有再问下去，在酒精的作用下，两个人前仆后继进入梦乡，扯着很响的呼噜，嘴角挂着向往的傻笑，很幸福地度过了一个美好的夜晚。

第三天下午，毕伽索安排韦子玉参观他的梦为集团，然后在毕伽索的办公室喝茶。韦子玉感到时机已经成熟了，但是他没提乔司令回干街的事，也没说唐宋村的事，只是把县里关于在老街兴建文化街的意向和盘托出，说完之后，就等着毕伽索拍手叫好，慷慨解囊。可是他想错了，他从毕伽索的脸上没有看出惊喜，而是看到了一种奇怪的表情。毕伽索说，你们搞这些东西有什么意思？

韦子玉说，建设啊，乡村文化建设啊！

毕伽索略微思考了一下，意味深长地说，哦，乡村文化建设，名目很好，可以考虑赞助，十万八万的没问题。

韦子玉怔了一下，冲口说道，毕总，就连乔司令那样拿工资的退休干部，都拿了十八万给老街买变压器，你这么大个老板，只拿十万八万的，说得过去吗？

毕伽索说，你们那个文化街，其实就是个面子工程，没有什么实际意义，我不能把钱扔到水里，老弟你说是不是？

韦子玉说，怎么叫面子工程呢？它有文化价值，也是长远价值。再说，就从眼前看，文化街一建成，就会带动老街的综合发展，改变乡亲们的生活状态。你知道那里还有多少空巢老人和留守儿童吗？

毕伽索说，改善群众生活是你们政府的事，我要是把这个事做了，不是夺你们的饭碗吗？

韦子玉这才发现自己过于天真了，太不了解资本家了。韦子玉说，毕总你这样说我很难受，社会转型时期，问题太多，政府也不是万能的，有些事情，我们确实需要借助社会力量。

毕伽索一声冷笑，提高嗓门说，借助社会力量？乔大桥回去讲几句大话，你们就当真了。说好听一点是书呆子，说白了就是拿个鸡毛当令箭。他乔大桥算什么，他有什么资格对干街指手画脚？

韦子玉没想到毕伽索会发那么大的火，意识到这件事情很复杂。他曾听说，乔司令和毕伽索因为父辈的原因，有些芥蒂，看来不是空穴来风。韦子玉解释说，兴建文化街，不是乔司令的主意，而是县里的规划。乔司令只是说，街道不应该建在马路两边，街道要像街道的样子。

毕伽索从鼻子里哼出一声，为什么街道不能建在马路两边？难道建在深山老林就能提高生活质量了？奇谈怪论。他一个当兵的，脑子简单，你们也跟着起哄，莫名其妙。

韦子玉基本上绝望了，怀着最后的希望说，那，我们的文化街，毕总到底支持不支持？

毕伽索说，我为什么要支持？我支持了，我能得到什么？

韦子玉盯着毕伽索，克制地问，毕总，你想得到什么？

毕伽索哈哈一笑说，如果你们能把我爹的像挂在文化街上，我可以拿出一个亿来。

韦子玉终于忍无可忍了，提高嗓门说，毕总，我尊重你，但是我也提醒你，文化街是爱国主义教育基地，是文明发展的象征。别说你拿一个亿，你就是拿出一百个亿，我也没有办法把令尊的塑像立在文化街上。

毕伽索说，那不就得了吗，我怎么会拿钱给别人捧臭脚呢？老弟，恕我直言，这件事情我不能帮忙。不过，我答应给老街赞助十万元，说话算数，明天我就让财务转账。

韦子玉没有吭气，显然，这不是他理想的结果。

毕伽索顿了顿又说，这笔钱，你们得用到正处，可不能让它打水漂儿了……

毕伽索话还没有说完，韦子玉已经站了起来，冷冷地看着毕伽索说，毕总，你那十万元钱给叫花子吧。毕总，请你记住，你也曾经是个穷人。

毕伽索也站了起来，想拦住韦子玉，老弟，你听我说完，我有我的难处……

韦子玉淡淡一笑说，那还说什么呢？没有你的臭钱，干街照样能过上好日子，而且是干干净净的好日子。

韦子玉说完，扬长而去。

二

直到韦子玉的脚步声消失在楼道里，毕伽索才反应过来，赶紧派人去追。追是追上了，但是韦子玉坚决不回来，挡也挡不住，不由分说地上了出租车。到了晚上八点钟，还是没有找到韦子玉，毕伽索估计，韦子玉已经上飞机了。

毕伽索琢磨韦子玉传递的信息，那个文化街，主体工程是名人墙。也就是说，政府更关注的是对红色资源的开发和利用。干街确实是个特殊的集镇，除了韦梦为，在上世纪抗战时期又出了一个洪文辉，当时是梦为中学的校长，就地拉起了一支队伍，带到新四军，洪文辉担任这个团的团长，二十年后当到淮上省的省长。再往下，就数到于诚志了，于诚志抗战时期是洪文辉手下的连长，是西华山战役赫赫有名的英雄。当然，有了这几个人，又带出一批人，所以说，在干街，最不缺的就是名人，大大小小十几个，就连毕伽索的爹也是，尽管是反面的。

抽了两根烟后，毕伽索给他的中学同学戈德福打了电话，让戈德福打探干街文化街的进一步情况。戈德福在家乡淮上市做文化生意，以文化的名义同很多官员有来往。

没过多久，戈德福的电话就回了过来，他告诉毕伽索，这次修建干街文化街，不仅县里和市里高度重视，连省里也很重视，副省长何敏亲自勘察了地形，确定文化街的位置，在韦氏庄园旧址。据说这是整个淮上地区红色旅游战略格局的一部分。

毕伽索这才真正地后悔起来，他觉得今天下午同韦子玉的争论，确实因小失大。为什么他会那么反感呢？原因有两个，一个是家乡建文化街，可能会把一些尘封的历史抖搂出来，这是他极其不愿意看到的。第二就是因为乔大桥。当年他爹毕启发和乔大桥的爹乔如风同时跟随洪文辉参加新四军，在茅坪战斗中还配合着打死了一个鬼子，两个人一道当了排长。可是后来，在西华山战役中，他爹一念之差，当了逃兵，而乔如风则在战斗中，带领最后的三名战士诱敌深入，完成了阵地阻击任务。这以后，两个人的命运天壤之别，乔如风在上世纪六七十年代，是皋唐县的县委书记，而毕启发则终生蒙耻，在干街当个小裁缝，最后连话都不会说了。毕伽索记得，小时候乔大桥从县城回到干街爷爷奶奶家度暑假，穿着海魂衫，让他羡慕极了。那时候他不止一次想过，为什么逃跑的不是乔大桥的爹，或者说，为什么他的爹不是乔如风而是毕启发，真乃时也命也。

天色渐渐暗了下来，从三十六层楼看出去，身下五光十色地闪烁着霓虹灯，这让毕伽索没来由地生出一阵伤感。唐多丽到美国陪女儿度暑假去了，这段时间毕伽索享受未婚待遇。直到楼道清洁工从门外闪过，他才想起晚上还没有吃饭。按了一下电铃，那边很快出现亓元的声音，毕总，我在。

他怔了一下，我在？不知道为什么，最近一个时期，这个听了七年的声音常常让他感到陌生。这个像谜一样的女人，居然在他身边坚持了七年。七年啊，窗外的马路变窄了，树木变高了，云彩变少了，可是她还像当初进门那样，不言不语，悄无声息，除了二十五岁变成三十二岁，她简直就没有怎么变化，甚至连男朋友也没有，没有听说过她在感情方面的任何信息。她近乎吝啬地经营着她的美貌，而又近乎挥霍地使用她的才智，她用她的才智保护了她的美貌。她在干什么，难道她想把自己修炼成一个圣女？

三

毕伽索第一次见到亓元，是接受电视台采访。当时她即将从新闻系硕士毕业，在电视台实习。在断续的访谈中，毕伽索先后四次注意到一个身材高挑的女孩，并看清了她胸牌上的"亓元"两个字。女孩形象端庄，眼睛里始终闪烁一丝平静的微笑，略黑的脸庞泛着健康的光泽，透着自信，看着舒服。离开电视台之前，跟送行的人打过招呼后，毕伽索向跟在后面的亓元大大咧咧地打了个招呼，丫头，你过来。亓元便微笑着向前走了两步。

你这个姓怎么念？

亓，和整齐的齐同音。

几天之后，毕伽索安排副总董华民去电视台找亓元，要聘她到集团工作，暂定担任行政处副处长，年薪三十万起步。董华民当时愕然地问，什么情况都不清楚，就当副处长，还年薪三十万？毕伽索说，要那么清楚干什么，我只关心这个人能不能用。董华民寻思老总醉翁之意不在酒，便不再多嘴，到电视台一谈，没想到亓元并不领情，说，不去，我只想当一个记者。

董华民碰了壁，回来跟毕伽索说了，毕伽索比董华民还要吃惊，瞪着眼睛说，啊，这个世道，还有这么清高的女孩啊，再把工作做深入一点，查查她的背景。

不久董华民就向毕伽索报告说，查清楚了，上海人，父亲是考古学家，母亲是中学音乐教师。

毕伽索说，我有点明白了，一家书呆子。

董华民第二次约见亓元，亓元一口回绝，只是在电话里说了几句。董华民对亓元说，我们老总看中你了，你开个价，什么条件都可以。

亓元回答，只有一个条件，不去。

董华民说，你先不要挂机，听我把话说完。我知道你担心什么，可我们老总不是那样的人，我们集团美女如云，可是我们老总他一个也没下手，我们老总真的是怜香惜玉，不，我们老总他是爱才如命……董华民有些语无伦次了，这样的女孩，他还是第一次遇见。

电话那头十分难得地传来轻微的笑声，你们老总根本不认识我，他怎么知道我有才？

董华民说，我们老总他是个天才，他有第三只眼，他的直觉是非常厉害的。你想想，他从一个普通教师，赤手空拳到深海打天下，把学校办得大中小都有，全国各地都有，他不是天才行吗？

电话那头传来含义不明的笑声，也许是讥讽吧。

然后，董华民就把毕伽索的原则、毕伽索的信条、毕伽索艰苦创业的历程等等，说了足足十分钟。最后说，小亓，你不要马上回答我，你再考虑考虑，三天之后，不，十天之后再回话也行。

电话那头说，现在就回话，不去。

董华民后来向毕伽索大诉其苦，说这回真的见到鬼了，油盐不进，刀枪不入。我不明白，这么一个冷血动物，老总您要她干什么，吃不得碰不得还不好用。

毕伽索听了，半天没吭气，抽了一支烟后对董华民说，你说得对，算了。

那个夏天，正是集团大发展的时期，连续在中原两个市开辟了局面，一次性上马七个项目，毕伽索频繁奔波于深海和中原，忙得不可开交，这件事情也就不了了之了。

自从唐多丽妇科病做了手术之后，在长达半年多的时间内，毕伽索一直没有夫妻生活。他的名言是，我从来不搞我不喜欢的女人，也不搞不喜欢我的女人。

二十年前公司被批准注册的时候，毕伽索就有个梦想，有朝一日，他要把他以前追求过的、暗恋过的、眺望过的女人统统找到，分期分批把她们请到床上，让那些曾经轻视他的、鄙夷他的、抛弃他的女人在他的身下流出幸福的眼泪，用追悔莫及和感恩的眼神看着他。但是只尝试过一次，他就放弃了这个梦想，因为工程太大，首先是数量太多，其次是……还有很多难以启齿的原因。

认识亓元的时候，他四十四岁，可以说如日中天，无论哪一方面都是。他当时并没有明确的计划要把她怎么样，是一种莫名的心理支配着他，大约越是得不到的就越是期盼吧。

就在毕伽索决定忘掉亓元的时候，太阳从西边出来了，亓元突然现身，直接找到董华民说，可以受聘。

毕伽索在他的办公室里听董华民汇报事情的前因后果，盯着窗外的太阳看了大约半分钟，然后问，好马不吃回头草，她为什么改主意了？董华民说，原因不详。毕伽索抖着亓元的求职简历，对董华民一挥手说，拒绝，请她另谋高就。

董华民的嘴巴张了张，半天没合拢。拒绝？这是何苦，众里寻她千百度，那人却在……送上门来的，何必……这也太小家子气了吧？

毕伽索一拍桌子说，她以为她是谁，她以为我这是饭店啊，想来就来，想不来就不来。老子……毕伽索正说着，突然闭嘴，他看见亓元就站在门外。还是一身紫蓝色的连衣裙，眉目间已经少了许多冷漠，尽管低眉顺眼，却又不卑不亢。

毕伽索久久地打量着亓元，感觉这个女孩像她的名字一样生僻，周身似乎萦绕着一个神秘的气场，吸引你的目光，又把你的目光挡在尺寸之外。毕伽索的脑子飞快地转动，换了一副腔调说，好啊，承蒙亓小姐看得起，本集团欢迎。我的条件不变，说说你的条件。

亓元说，我只是来找工作，有饭吃就行了，没有条件。

亓元仍然没有接受行政处副处长的职务，也没有接受年薪三十万的待遇。亓元说，我一天班没上，就当副处长，拿那么高的年薪，不合适。

毕伽索说，好，那就从头做起吧。

那一年，亓元二十五岁，正是豆蔻年华。这个谜一样的女孩从行政处秘书干起，不动声色地张罗了很多事情，每个月都要给毕伽索提交一份集团内情报告，还要提交一份创新建议。

几年以后，在一次电视访谈中，毕伽索侃侃而谈，访谈结束后他才意识到，亓元到集团之后，实际上暗暗做了一件很大的事，就是改变了毕伽索的形象。每当遇到棘手的事情，毕伽索准备大发雷霆的时候，只要她在场，毕伽索挥舞在空中的手臂就会不自觉地换成一道弧线，骂人的话就会变成"不着急"或者"再商量"。她就像一面镜子一样让毕伽索不断地调整着自己的风度。毕伽索有一次对亓元说，跟你在一起，我发现我越来越像一个好人了。

这七年中间，亓元和毕伽索始终保持着严格意义上的雇佣关系。两千五百多天里，他们至少有一万次面对面。她陪同他出席各种会议、聚会和谈判活动，像幽灵一样围绕着他。不可思议的是，这些年尽管他经常渴望，但是他并没有对亓元下手。而亓元呢，始终是一个得体的助手，微笑经常挂在脸上，再也不像七年前那样青涩了，说话委婉了许多。有一天亓元亲自上阵，在电视台做了一个"民营教育的难度与高度"的演讲，历数中外历史上民营教育的成功范例，对于当下民营教育的种种障碍和本集团的战略以及前景展望条分缕析。在屏幕上的亓元同平常的亓元判若两人，落落大方侃侃而谈，形象气质远在节目主持人之上。加上她本来就是新闻专业的硕士生，在集团工作期间，又报了个在职博士，学问滋养自信，自信滋养容颜，愈发显示成熟和清高。毕伽索有时候甚至觉得，是亓元的存在，提高了梦为集团和他本人的身价。

她是怎样变化的，为什么变化，谁也说不清楚。或者可以用毕伽索的话来解释，时间可以改变一切。

四

十分钟后，亓元便出现在门口，工装已经换成蓝紫色的连衣裙，亭亭玉立，却又平静得像个蜡像。

毕伽索说，能陪我吃饭吗？

亓元迟疑了半秒钟，平静地说，可以，但我这段时间不能喝酒，我陪你吃西餐。

毕伽索不高兴地说，谁说你这段时间不能喝酒？

亓元说，医生，否则我脸上会长痘的。

毕伽索大手一挥说，嗨，听医生的话得吓死，你看我爹，吃大鱼大肉，喝了一辈子酒，活到八十多岁，现在每天还是一听啤酒，他只喝蓝带，还要易拉罐装的。

亓元还是站着不动。

毕伽索不耐烦了，怎么，长痘就这么重要，你有男朋友了吧？

亓元说，我们有言在先，不过问个人隐私。

毕伽索顿时觉得无趣，生硬地说，算了，我不要你陪了。又想了想，拉开抽屉，取出一摞资料，扔到老板台的对面，这是我老家一个招商引资项目，你帮我研究一下。

亓元迟疑了一下，接过资料，看看毕伽索说，我还是陪毕总吃饭吧，喝一杯也行。

毕伽索本想说算了，看看亓元的眼睛，很平静。毕伽索阴阳怪气地说，那好，谢谢你啊。

毕伽索下楼，亓元已经从地库里把车开上来了。

这天晚上，或许是受到韦子玉和乔大桥的刺激，毕伽索的情绪大起大落，一杯接着一杯喝酒。他还没有拿准该用什么态度对付老家的招商引资，但是，一个现实的项目却越来越迫切地燃烧着毕伽索，在酒精的帮助下，他进入到一个神奇的境界。他决定展开新的战斗，从亓元开始。

饭后叫了代驾。毕伽索坚持让亓元和他一起坐在后座上，亓元没有拒绝。毕伽索的心中壮怀激烈。今夜，解开她的衣裙的不是威士忌，而是他毕伽索，一个拥有三十亿资产的企业领袖，一个灵魂和肉体同样高贵的成功者。

毕伽索对司机说去碧水山庄的时候，亓元只是异样地看了他一眼，但是没有反对。在驶向碧水山庄的途中，他把脑袋靠在她的肩膀上，然后再把手从坐垫上面向她的臀部接近，接近，接近，再接近。她还是没有做出激烈的反应，只是略微欠了欠身体。他把这个微小的动作理解为一种姿态，这个姿态甚至让他感觉到鼓励，他闭上眼睛，想象着即将到来的幸福时光，在一片辽阔的原野上，他像一匹骏马一样纵横驰骋，驶向远处的蓝天白云……

后来情况发生了变化，就在快到高速出口的时候，亓元悄悄地把毕伽索的手向外推了推，低声说，毕总，你今天喝了不少酒，碧水山庄有人照顾你吗？

毕伽索差点就说出来，不是有你吗，但是话没有出口，又咽下去了，他担心亓元会说出让他难堪的话来，毕竟还有代驾坐在前面。他控制了一下情绪说，我没喝多。

亓元说，碧水山庄没有人，要不，我叫小陈过来，也好照应一下，万一夜里要喝水。

毕伽索明白了，庆幸自己没有唐突，口气很冲地说，没事，不用你管。

车子依旧按照原来的路线，但是毕伽索的计划已不是原先的计划了。进了碧水山庄门口，亓元下车把毕伽索送上台阶，才反身上车，向毕伽索挥挥手，抛出一个意味深长的微笑，车子拐了一个弯，驶出碧水山庄。

毕伽索没有马上开门，像个傻子一样站在台阶上，看着渐行渐远的小车屁股，一股悲凉油然而生。亓元再一次拒绝了他，好在不算太难堪，没有怎么扫他的面子。

五

第二天上班，亓元到毕伽索办公室送文件，毕伽索为了掩饰尴尬，故意瞪着眼睛看着她，看她的步态，看她的表情。她的脸上居然看不出一点痕迹，把文件夹放在他写字台上说，毕总，下周三省政协有个调研会，内容是少数民族地区发展教育意见建议，指名请您参加。

你去，这方面的情况你比我熟。毕伽索不容置疑地说。

对不起，我可能参加不成了，这是我的辞职申请。

亓元说完，从文件夹里拿出辞职报告，放在毕伽索的面前。

毕伽索嘴巴张了半天才合上，一声冷笑说，辞职？为什么，我又没有强迫你。

亓元不说话。

毕伽索愤怒地喊了一声，我不会批准的。

亓元说，批准不批准是你的事，走不走是我的事。我并没有同集团签订卖身契约，这次我真的要走了。

毕伽索冷冷地看着亓元，亓元仍然一脸平静地微笑。毕伽索冲动地说，亓元，你到底想干什么？

我只是想按照我自己的意志生活。

亓元，你摸着良心想想，自从你到集团，亏待过你吗？

为什么要亏待我？我尽职尽责，从来没有给集团添乱。

可是，你对我呢，你把我当作一个老总吗？你表面上毕恭毕敬，关怀体贴，可是你的心呢？我明白了，在心里，你把我当作暴发户，你认为我小人得志，你认为我为富不仁，你认为我浅薄，嚣张，膨胀，你在跟我演戏，你在观察我，取笑我，你看不起我！

亓元的微笑收敛了，毕总，你真的这么认为？

毕伽索直视亓元，难道不是吗？

亓元沉默了片刻说，是有那么一点点，我们彼此都有让人看不起的地方。但是，公正地说，和众多的成功人士相比，你的人品还不算太差。

毕伽索在暗中攥紧了拳头，啊，仅仅是人品不算太差，你就这么看我？

你知道，我的原则是，能不说假话，尽量不说假话。我在您面前，尽量说真话。

那我问你，亓元，你爱我吗？

什么，毕总你说什么？

我是说，你爱我吗，或者说，你爱过我吗？

亓元突然变脸，久久地凝视毕伽索，毕总，我们之间，有谈论这个话题的理由吗？

毕伽索说，当然有！你为什么到集团来，我为什么要把你放到这么重要的岗位，你应该心知肚明。

亓元的脸由白变红，嘴唇哆嗦着，控制着语速说，毕总，你想错了，我到集团工作，集团给我很高的地位和待遇，这是我的能力和努力的报酬，这同爱情没有关系。我知道，在当今社会，一个集团老总和他的员工暧昧，甚至发生爱情，是再普遍不过的事情。可是，毕总您也要明白，即使一万个女秘书都和老板上床，但是还有万一，总会有一个人不会。请你不要轻易使用爱情这个字眼。

在毕伽索的记忆中，除了会议和访谈，亓元和他单独在一起，说这么多话，是第一次。他觉得他对亓元的了解实在是太浅薄了，实在是太想当然了。这时候他意识到一个危险正像一根针落进大海一样不可挽回。他表面平静，冷汗却无声无息地从发根和脖子上流了下来，衬衣的后背很快就贴在身上。

亓元，毕伽索突然哀婉地喊了一声，亓元，也许我想错了，也许一开始就错了，可是什么还没有开始，让我们重新开始好吗？如果你愿意，我们可以成为真正意义的朋友。你说呢？

亓元站着没动，肩膀轻微地晃了一下，好像有点动摇，最终还是笑笑说，不，毕总，请珍惜我们彼此的自尊，这对于你我都很重要。

毕伽索无语了，久久地看着亓元。亓元把脸稍微侧向一边。宽大的落地窗外面，城市的楼群触摸着蓝天。那正是初夏，淡淡的云絮在远处缓缓行走。毕伽索突然挺直了身体，站起来抓过亓元的辞职报告，颤抖地写上了"同意"两个字和自己的名字。

亓元提醒他说，日期。

毕伽索咬紧牙关，写下了日期。在将辞职报告还给亓元的时候，又缩回手，打开支票夹，快速地签署了一张一百万元人民币的支票，递给亓元，泪花闪烁地说，这，这是集团对你的报答。

亓元接过支票，看了看，又把支票轻轻地放在老板台上，然后转身走了，最初的几步很慢，快到门口的时候，步伐轻盈起来，紫蓝色的连衣裙摆旋动着像一面旗帜，在毕伽索的眼前弥漫放大成一片紫色的氤氲。

毕伽索卸下千斤重担一般颓然缩回到老板椅里，微微闭上了眼睛。就在这时候，他听见一个奇异的声音，隐隐约约却又实实在在，天啦，那是口哨声，是亓元，亓元的口哨是一段似曾相识的旋律，那声音在毕伽索的办公室里，在楼道里，在毕伽索的心里，经久不息，挥之不去。

六

这个春天，对于毕伽索来说，是漫长的。他发现他老了，多愁善感了。亓元离开了半个月，他基本上没有做出大的决策。他经常不自觉地站在落地窗前，眺望远处鳞次栉比的高楼大厦，思想无限辽阔。他不知道亓元是否已经离开了这座城市，或许亓元并没有走远，也许就在附近的某一个地方。可是，她是为了什么？毕伽索后悔得要死，他不缺女人，为什么还要一再进攻亓元？这个女人，她是女人吗？不，她简直就是一块砸不烂啃不动的硬骨头。都什么年代了，还有这样不食人间烟火的女人，简直荒唐。

在梦为教育集团，最初同干街发生联系的，的确是亓元。去年接待老家的县委书记弓珲，调研论证马岩湖投资方案，都是亓元参与策划的。在这件事情上，亓元充当了毕伽索的私人秘书。

但是，毕伽索此刻想起亓元，还不仅仅因为这些。

前年年底，毕伽索专门腾出碧水山庄别墅，把父母接到南方过春节。别墅建在近郊，三层小楼，配有厨师两名，保姆两名，每天派专车从本市最大的超市采购新鲜食材和水果。毕伽索还从省政府事务管理局买来两吨茅台酒，当着很多人的面告诉父亲，从此以后，茅台管够，爱怎么喝就怎么喝。这一次，他要补偿对父亲的所有愧疚，要让这个一辈子抬不起头的老裁缝像党和国家领导人一样安享晚年。

不可思议的事情发生了，毕启发和他的老伴于兰花在碧水山庄只住了一个晚上，第二天母亲就给儿子打电话，说老爷子犯病了，嚷嚷要回干街。毕伽索吓了一跳，匆匆赶到，问了半天才明白，老爹在碧水山庄住不下去，原因很简单，用不惯抽水马桶。毕伽索说，这个好办，马上调工程队来，在院子里造一个简易旱厕，限令十二个小时完工。旱厕造好之后，老两口住了两天，母亲又打电话嚷嚷要走，毕伽索问到底是什么原因，母亲说老爷子又犯病了。这次毕伽索带来了亓元，到了碧水山庄，看见老爷子坐在别墅门外的台阶上，嘴里嘟嘟囔囔说，鬼子来了，鬼子来了。毕伽索跟母亲聊了一会儿，亓元就明白了，原来老人嫌这里人少，看不见人。亓元出主意说，淮上会馆人多，而且能听到家乡的口音，住在那里也许老人适应一些。

毕伽索想想，这确实是个好主意，就在淮上会馆旁边租了一套大房子，把老人接过去，情况果然有所好转。

那段时间，按照毕伽索的安排，亓元经常到淮上会馆过问二老的情况，虽然她对毕启发犯病的时候就说"鬼子来了"有点好奇，但是并不打听。倒是毕伽索，有一次不高兴地问亓元，你对我父母的事情不感兴趣吗？亓元说，作为一个员工，我没有必要对老总的家事感兴趣。毕伽索说，可是我爹，他犯病的时候老是说"鬼子来了"，你不觉得奇怪？亓元说，是有点奇怪，我猜测老人是个抗战老兵。

毕伽索听了这话，愣了好一阵子，问亓元，你真的认为我爹是抗战老兵？

亓元说，要么就是在战争年代受过刺激，可能同抗日有关。

亓元这么一说，毕伽索又是半天没说话。

又过了一些日子，毕伽索对亓元说，你说对了，我爹是个抗战老兵。1944年夏天参加茅坪战斗，我爹打死过一个日本鬼子，被提升为排长。1945年春天西华山战役前夕，我爹奉命率领一个班征粮，因迷路同主力走散，途中被不明炮火袭击，我爹身负重伤，被当地群众营救，然后就返回干街了。在我爹的档案里，结论是，战前离队。也就是说，组织上认为我爹是个逃兵。

亓元说，毕总告诉我这些情况，需要我做什么吗？

毕伽索说，几十年了，我们毕家都被这件事情压得抬不起头来。我爹他毕竟打过鬼子，立过战功，可就是因为没有参加西华山战斗，就成了逃兵，还被打断了一条腿，抚恤金一分没有。现在，我觉得时机成熟了，我要把这件事情弄清楚。

亓元没有说话。

毕伽索说，你是不是觉得我的想法不靠谱？

亓元说，我理解毕总的心情，但是要搞清这件事情，或者说毕总想为这件事情翻案，恐怕不是我力所能及的。

毕伽索说，这件事情，最有可能帮我的就是你，你那么聪明，你都帮不了我，别人那就更是不指望了。

亓元说，毕总，你太抬举我了。不过，从你陈述的情况看，我倒是真的有一个疑点，那就是老人家在同主力失散之后，在西华山战役展开那几天，这段时间他在哪里，做了什么。如果把这段历史弄清楚，那么，无论是什么结果，后人也只能面对了。

毕总说，亓元，你确实聪明，看问题一针见血，直奔要害。你说的那段时间，确实是关键。问题是，那段时间又很复杂，我爹年轻的时候就说不清楚，现在更是胡说八道了，他的话连我都不信。

亓元还是不动声色，问道，那么毕总，我请教您一个问题，你相信你的父亲是逃兵吗？

毕伽索说，这不是我相信不相信的问题，战场上的情况是复杂的。

亓元说，既然这样，毕总，我认为这件事情暂时还是不提为好。

七

在整个童年时期，在毕伽索的名字还叫毕得宝的漫长岁月里，他最痛恨的就是父亲，不仅因为他给家庭带来贫穷，更因为他给毕伽索带来屈辱。七岁那年，他亲眼看见干街的"文攻武卫"战斗队把毕启发从成衣店里抓小鸡一样抓走，毕启发挣扎着一瘸一蹦跶，又喊又叫，"鬼子来了，鬼子来了"，不时被挥舞红白棍的"战斗队员"往屁股上戳一下。红白棍戳一下，毕启发就嚎一声"鬼子来了"，丑态百出。

以后毕伽索回忆这段往事，心里充满了悲哀。他的悲哀不在于他的父亲被批斗，而在于他父亲不是被批斗的主角，而是陪斗。

真正被批斗的主角是乔如风，这个从干街走出去的老革命，跟他爹一个年纪，那年都是四十三岁。可是乔如风什么风度啊，即便被揪到台上，也是威风凛凛，上衣兜里别着两支钢笔，脚上还穿着皮鞋，油亮的头发被造反派弄乱了，乔如风站稳后自己挥手把它捋平了。造反派头目、镇文化馆的查林踮着脚尖，想把乔如风的脑袋按下去。乔如风纹丝不动，猛然一甩脑袋，鼻子里狠狠地出了一口气，居高临下地瞥了查林一眼，查林居然被吓住了，再也不敢去按乔如风的脖子，灰溜溜地走向主席台一侧，路过毕启发身边的时候，顺便照他屁股上踢了一脚，毕启发又是一声嚎叫——鬼子来了！

这一幕成了童年毕伽索——毕得宝脑海里的彩色电影，一次又一次地播映，画面上的乔如风就像样板戏《红灯记》里的李玉和，大义凛然，而他爹则好比《智取威虎山》里的小炉匠栾平，委琐不堪。那时候他甚至想，他为什么不是乔如风的儿子，而偏偏是毕启发的儿子呢？

毕得宝读高一那年，老省长洪文辉魂归故里，在干街东南方开辟了一块很大的墓地，中学师生到墓地参加安葬仪式。站在毕得宝身旁的韦二毛嘀咕了一声，看，毕得宝好像、好像洪大爷。毕得宝吓了一跳，差点儿又跟韦二毛动手了。可是那天他没动手，只是使劲地看了遗像一眼。这一看，真的感觉自己很像洪大爷。仪式结束后，学生整队带回之前，他又若无其事地溜到洪文辉遗像前面细看，这次他觉得他更像洪文辉了。

那天夜里，毕得宝做了一个很奇怪的梦，梦见他背着书包到了一座大城市，并且坐上了那种被干街人称为"乌龟壳"的小汽车，进入一个人间仙境一样的庭院，有人给他开门，毕恭毕敬地喊他少爷，同学中最漂亮的女生像喜鹊一样在他身边喳喳叫。

梦里醒来，他发现他还是躺在自家的破床上，黑乎乎的蚊帐上一动不动地蹲着几只苍蝇般的蚊子，这些不劳而获的寄生虫，趁他做梦的工夫，穷凶极恶地饱餐他的血肉。

他是被他的老爹打醒的，老爹站在床前，瞪着一双金鱼眼睛，手里的棍子还在他的肚子上一轻一重地戳着。老爹的嘴里嘟囔着，滚去，上、上、学、学、上！

自从毕得宝记事，他爹说话就不利索，只会说出极短的句子，而且把句子组合得奇形怪状，还经常倒装，比如他永远说不好"喝水"这两个字，只能说出"水喝"。最好的情况是，他在费力地说出"水、喝、喝、喝"之后，再用尽最后一丝力气突出一个短促的"水"的音节。这已经成为毕启发特殊的语言风格，别人同他交流十分困难，当然，别人也没有必要同他交流，只有毕伽索的母亲于兰花，能够一星半点地破译出他的唇语和肢体语言。

美梦被老爹惊醒，让青春期的毕得宝十分恼火。就是那一次，他从床上跳下来，恶狠狠地推了父亲一把，冲他爹吼了一声，你干什么，有本事跟鬼子干去！

他爹愣住了，哆嗦着盯着他，上半截身体猛地往前斜了几度，两只胳膊一上一下地在胸前摆动，好像随时准备扑上来把他掐住。

毕得宝并没有被他爹的气势汹汹所吓倒，一边套裤子一边嚷嚷，你这个逃兵，把老子害惨了！

他爹果然扑上来了，毕得宝一闪身躲过，他爹扑了个空，摔了个嘴啃泥。等毕启发狗刨一般爬起来，一高一低地撵到门外，毕得宝早就远走高飞了。

干街的人都知道毕启发是逃兵，但究竟他是怎么逃的，却又传说不一。毕得宝师范毕业那年做了两件事情，一是把自己的名字改成了毕伽索，第二件就是到县市两级档案馆去查西华山战役，终于把他爹的那段历史搞清楚了。当时的新四军团长洪文辉后来在《关于毕启发西华山战役中离队经过和处理意见》上的批示是，茅坪战斗有功，西华山战斗离队，功过相抵，复员回籍。

那次调阅档案，毕伽索虽然接受了他爹的逃兵事实，却也有一个重大发现，洪文辉批示中有一句"茅坪战斗有功"，点燃了他的希望之火。

在西华山战役之前一年，日军偷袭淮上抗日根据地茅坪医院，连长于诚志率领七连二十里急行军增援茅坪。战斗打响后，刚刚入伍不久的乔如风和毕启发跟在班长后面迂回，爆破鬼子火力点，眼看就要接近了，一阵弹雨飞过来，毕启发被吓蒙了，听到乔如风在路边喊，毕启发，卧倒！毕启发不知道往哪里卧，猫着腰找地方。乔如风发现侧面有鬼子包抄过来，调转枪口，一扣扳机，没响，瞎火了。乔如风大喊，毕启发，左侧，开枪！毕启发抱着大枪，躲在一棵树下，战战兢兢地开了一枪，再战战兢兢地开了第二枪。乔如风也从战友身边捡了一支枪，拉开枪栓就打，一边打一边大喊，好，打死一个，再开枪！毕启发一听说打死了一个鬼子，突然跳了起来，大叫，老子打死一个鬼子，老子打死一个鬼子！说完就往前冲，刚冲了十来步，被乔如风从后面扑倒。乔如风说，卧倒打，你不要命了！十多分钟后，排长带着几个人从右翼攻了上去，战斗结束了。

战后评功评奖，要记账，那个鬼子是谁打死的，于诚志让毕启发和乔如风自己说。乔如风说，是毕启发打死的，我亲眼看见的，当时我枪里的子弹瞎火了。毕启发说，我没看见打死鬼子，是听乔如风说的。于诚志哈哈大笑说，好，瞎猫碰个死老鼠，碰得好，既然是碰的，我看这样，见面一半。两个新兵一齐说，好。

为了感谢毕启发分了半个鬼子的功劳，乔如风后来送给毕启发半包洋烟，还为此作诗一首，打虎亲兄弟，上阵父子兵，见面分一半，咱们是乡亲。

让毕伽索不堪回首的是，后来又发生了西华山战役。西华山战役结束，毕启发被遣送回乡，那时候偶尔还能说几句明白话，说，老子不是逃兵，老子打干街了，老子指挥三个人，打了鬼子四次进攻，守住了东头学校，救了蒋夫人。

显然这是一派胡言，没有任何人当真。好在有洪文辉给干街镇的干部捎回来一句话，说毕启发虽然在西华山战斗中溜号，但是在茅坪战斗中还是有功劳的，功过相抵，不要为难他，让他安度余生吧。这样才给他分配了三亩地三间房。人民公社时期，又给他安排到大集体企业，当裁缝，量尺寸。

毕得宝十岁那年，毕启发说话开始出现严重障碍，到了毕伽索上中学后，他基本上只会说"鬼子来了"，有时候还加上一句"卧倒"，其他的话语，一律颠三倒四。再后来，连裁缝也当不成了，全家就靠他娘卖油条过日子。

西华山战役中乔如风是七连二排长，带人征粮的任务本来是他的，但是连长布置任务的时候，他恰好在解手，连长等了他五分钟，见他没来，就对身边的毕启发说，三排长，干脆你去，弄到多少是多少，晚上到长岗会合。就这一个小小的变动，造成了两个命运的分野。在西华山战役中乔如风跟着连长坚守长岗阵地，连长牺牲后他接替指挥。抗战结束后部队整编为华东野战军，他留在地方当县长，然后是县委书记。新中国成立初期，乔如风经常回干街看望老人，偶尔还到成衣店里见见毕启发，对当地的人讲毕启发分了半个鬼子算他战果的故事。后来经过几次运动，乔如风就不太讲这个故事了，因为毕启发颠三倒四的，不承认自己是逃兵不说，还经常扯上蒋夫人。别说这事是假的，倘若是真的，恐怕更麻烦，那年头跟蒋介石扯上瓜葛可不是什么好事。

七十年代末乔如风官复原职，然后当了地区副专员。有一年带着一家老小回干街老宅过年，十六岁的毕得宝远远地看见乔如风的女儿乔乔，个子高高的，穿着黑白格子呢大衣，围着紫色围巾，从街上亭亭走过，好像是一棵移动的杨柳。当时毕得宝产生一个强烈的愿望，就是要当大官，当了大官，首先把查林捆起来打个半死，然后把乔乔娶回家当老婆。可是这两个愿望一个也没有实现。查林后来不当造反派了，改行写剧本，剧本写得还不错，七十年代末调到县里去了。而乔乔在毕得宝还没有来得及娶她之前，就已经考上大学走了，后来嫁给一个处长。前几年毕伽索到上海开发业务，拐弯抹角找到乔乔，本来踌躇满志地要把她弄到床上，实现一下少年时期的宏伟抱负，可是临到见面之后，他很快就取消了计划，这个女人已经胖得让他无从下手了。

八

这些年，随着事业蒸蒸日上，毕伽索对父亲的感情也发生了很大的变化。父亲老了，安静多了，口齿越发不清楚，常常嘟嘟囔囔不知所云。倒是身体还算健朗，饮食不仅正常，而且超常，每顿喝二两茅台是吹牛——毕启发拒绝喝茅台，他只喝老家干街的土酒杂粮烧，每次喝两杯，约二两，标准定量，直到如今还没有减量。

时光荏苒，当年干街的风光人物先后离开了人间，韦梦为，洪文辉，于诚志，就连乔如风也走了，可是毕启发还活着，还能喝酒，这是毕伽索最得意的事情。毕伽索琢磨，如果毕启发能活到一百五十岁，不知道这个世界会发生什么变化，那时候，人们还记得西华山战役吗？那时候人们可能只知道这个世界上有个历经磨难而自得其乐的毕启发。思路到了这一层，毕伽索很是兴奋了一段时间。就是那段时间，他开始重新审视父亲当逃兵这个事实，并向亓元讲了这件事情。那是他心理素质最好的时期。

毕伽索把毕启发接到深海的那一年，亓元被任命为行政处副处长。集团抓住这个未婚未恋的劳动力，最大限度地榨取她的才华。毕伽索对副总董华民说，要一刻不停地使用她，不能让她闲着，要让她迅速成为集团的顶梁柱。

亓元担任副处长不久，向毕伽索提议，要规范工会建设，要让工会确实起到维护员工福利、保障员工权益的作用。毕伽索半开玩笑地问亓元，你是给老总打工，还是给员工打工？亓元回答，我是给集团打工。既然成立集团，那么它就关系到全体员工的利益，只有老总和员工的利益一致，集团才有长久的生命力，集团越做越大，不能搞一锤子买卖。

亓元的观点引起毕伽索的重视，后来他还是同意了亓元的建议，把形同虚设的工会重新整顿了一番，办了一个《梦为之声》的杂志，下发各分公司和一线学校。杂志除了报导集团重大活动，还设有"把脉问诊""对症下药"等栏目，特别让毕伽索感到耳目一新的，是杂志的文学栏目，刊登新人新作，小说、诗歌、散文都有。毕伽索看得眼热，几次产生冲动给亓元投稿，读书人，谁没有文学梦呢。

杂志越办越好，成了毕伽索的必读。有一次他在上面读到了一篇作品，名曰《夏日之晨》，时代背景不详，地理背景不详，人文背景不详，写了一个远离喧嚣的小城镇，城堡巍峨，街衢优美，法制井然，人们淡泊名利，耕读狩猎，相亲相爱，俨然是一个原始共产主义阶段。小说还配有版画插图，街道建在小河两岸，情窦初开的男女乘坐小船在街心欢声笑语，小船上摆着鲜艳的水果，桌子上一瓶倒了一半的红酒……看了一半，毕伽索觉得奇怪，回过头来看看作者署名，吓了一跳，作者居然是韦梦为。亓元从哪个故纸堆里找出了这篇小说，他不知道。显然，亓元是欣赏韦梦为的，这个发现让毕伽索有点激动，他甚至把这件事情看成是他的原因，是因为他的存在而引起亓元对韦梦为的重视。

就是受那篇文章的触动，毕伽索又赋予亓元一个特殊的任务，写一篇毕启发的抗战事迹。亓元虽然迟疑，还是接受了，用了一个多月的时间，从网上和图书馆翻阅了大量的资料，并同毕伽索家乡市里的政协文史办取得联系，终于写成了《茅坪战斗中的毕启发》，毕伽索看了之后大加称赞，说，这就是我爹，我爹就是茅坪战斗的英雄。

毕伽索说这话的时候，亓元没有接茬，只是平静地看着毕伽索。毕伽索非常想让毕启发给集团总部的员工做一次战斗报告，跟亓元商量，能不能让他爹坐在主席台上做个样子，然后由她来作报告。这个意见被亓元委婉地拒绝了。毕伽索也没有为难亓元，因为当时毕启发正在闹着回家，这件事情就不了了之了。

后来毕启发住进了淮上会馆，稳定下来之后，有一天毕伽索把亓元叫到他的办公室，再次提出来，要让他爹作一次报告，而且不是讲茅坪战斗，要讲就讲西华山战役。

毕伽索对亓元说，这件事情我想了很多年，梦里都在想，我爹既然能在茅坪战斗中打死一个鬼子，西华山战役中怎么会当逃兵呢，这太不符合逻辑了。还是你说的话提醒了我，我爹在同主力失散之后，在西华山战役展开那几天，他在哪里，做了什么。我想啊想啊，终于想明白了。那几天他并没有回干街，他在哪儿呢，他干了什么呢？

亓元说，这确实是问题的关键，毕总你查清楚老人家干什么了吗？

毕伽索笑了，神秘一笑，从抽屉里取出一张报纸复印件说，你先看看这个。

亓元拿过复印件，那上面的大标题赫然入目——《西华山大战在即，蒋夫人前线劳军》。

亓元说，这个我也查了资料，事实上宋美龄在西华山战役之前并没有去前线，这个报道是假的。

毕伽索说，你想啊，我爹在还能说话的时候为什么老是念叨他救了蒋夫人，不是空穴来风啊。我们现在来推理，一定是我爹他在同主力失散之后，遇到了一群特殊的人，即便他没有同宋美龄本人见面，也有可能听说那是护送宋美龄的队伍，然后他们和鬼子遭遇了，然后我爹他们同鬼子交火了，在战斗中我爹被打断了一条腿，后来又被国民党的军队救下了，不然的话，为什么我爹后来出现在国民党军队的医院里呢？

亓元静静地听着，再看一遍报纸复印件，然后抬起头来说，毕总，你的想象有一定的合理性，可是，谁能证明呢？

毕伽索说，那次跟我爹去征粮的，还有三个战士，后来都死了，死无对证，只能合理想象了。

亓元的眉头稍微蹙了一下说，可是，我们总不能把想象当作事实吧。

毕伽索说，事实？你怎么知道这就不是事实？如果没有别的解释，我的推理就是事实。亓元，这件事情只有你来做，这篇文章你帮我做。做成了，我回报一百万元，美金。

亓元愣住了，眼皮跳了跳，把那张报纸复印件往毕伽索的老板台上一放，轻轻地说，毕总，你解雇我吧，这件事我做不了。

后来呢？后来发生的事情，毕伽索想想就恨不得给自己一个耳光子。后来他还是一意孤行了，他只花了十万元人民币，把干街原造反派头目查林请来，让他写了一个八千多字的"纪实文学"——《西华山战役中不为人知的秘密》，文章"合理想象"出毕启发等人在出发前就听说宋美龄要到国军前线劳军的消息，征粮途中巧遇国军转移家眷的队伍，误认为这是宋美龄的车队，后来遇到鬼子偷袭，毕启发等人就地阻击，掩护国军家眷脱身，战斗中三名战士牺牲，毕启发身负重伤，昏迷不醒。战斗结束后国军打扫战场的收容队发现毕启发，将其救起。经国军医院抢救，虽然活下来了，但神经受到伤害，丧失记忆。

毕伽索虽然没有解雇亓元，但是至少冷落了亓元一个多月。亓元应弓珲书记之邀到淮上地区调研，就是那段时间查林把文章写好了。毕伽索很是得意，等亓元从淮上回来，毕伽索亲自把文章送到亓元的办公室说，看看吧，只要思想不滑坡，办法总比困难多。

亓元看了之后，抖抖文稿说，像是真的，不是真的。

毕伽索讥讽地看着亓元说，你有什么证据说它不是真的？

亓元说，我没有证据说它不是真的，但我有证据说它是假的，因为史料没有记载。

毕伽索说，史料记载的都是主战场，这件事情发生在次要战场上，被忽略了。

亓元说，我是学新闻的，不会虚构，我不再对这件事情发表意见。

毕伽索说，已经用不着你发表意见了，我让你看看，就是要让你知道，离了张屠夫，不吃带毛猪。

亓元说，毕总，你准备拿这篇文章做什么用？

毕伽索说，那就是我的事了。

亓元说，毕总，我建议你还是冷静一下，等一段时间再拿去发表。

毕伽索没有听从亓元的劝告，不仅准备花钱在报纸买下版面刊登这篇文章，还当真举行了一次"抗战老兵英雄事迹报告会"，不幸中的万幸是，临门一脚，他想起了亓元的忠告，报告会没有在集团礼堂召开，而是在淮上会馆布置了一个小会场，从下面的学校选来一个女教师，先试讲一次。整个会场不到二十人，他爹坐在主席台上，下面坐着查林等老乡和记者，充当听众。

文章写得好，女教师的口才也好，女教师声情并茂地讲述了西华山战役中的一场战斗和战斗中的毕启发，讲得下面鸦雀无声。可是谁也没有想到，讲到半截，毕启发突然犯病，口齿清楚地喊了一声，鬼子来了，卧倒！

还没有等人反应过来，毕启发就地出溜到主席台下。

当时毕伽索就在台下，他计划演讲一结束，就把演讲稿和照片拿到报社，哪里想到会出这样的事情。见势不妙，毕伽索的第一个反应是制止照相和录像，挥舞大手对几个工作人员说，你们谁把今天的事情捅出去，开除！

在事情发生的第一时间内，是亓元冲到主席台上，把老爷子架了起来。不知道亓元说了什么，老爷子才慢慢地爬起来，由亓元扶着坐上了轮椅。亓元对毕伽索说，毕总，不要折磨老人家了。

毕伽索表情复杂地看着亓元，嘴巴张了张说，我爹，我爹他真是稀泥糊不上墙啊，你看这事闹的……

就在这时候，他看见他爹扭头瞪了他一眼，那一眼，不像一个疯子。

洋相还不止于此。尽管毕伽索采取了封锁措施，但是风声还是走漏了。试讲会搞砸的第二天，网上出现一篇文章——《为富不仁暴发户篡改历史，丑态百出逃兵爹原形毕露》，后面还有很多跟帖，都是讥讽和谴责这件事情的。毕伽索在网上浏览一圈，惊出一身冷汗，叫来亓元，让她尽快摆平。万一带出别的什么事来，那真是烧香引出鬼来，后果不堪设想。

亓元当时说了一句什么话，毕伽索记不得了。第二天，网上不仅看不到骂声了，还出现一篇点击率很高的文章——《茅坪战斗中的毕启发》，附有作者亓元的声明：这不是虚构的，我对我写下的每一个字负责，如有疑义，我可以配合调查。然后是亓元的手机和座机号。

毕伽索注意看了跟帖，情绪化的网友似乎对毕启发宽容了许多，甚至还有人表示了同情。

毕伽索对这个结果十分满意，到亓元的办公室赔礼道歉，动情地说，亓元，你是对的。

亓元似乎也很感动，对毕伽索说，毕总，我理解你，我只是希望你放下这件事情。

毕伽索点点头，这以后，他再也不提他爹的抗战事迹了。

直到这个多事之秋，干街修建文化街，委实给他出了一道难题。这时候他自然想起了亓元，可是，亓元她如今在哪里呢？

九

亓元走了，查林的位置陡然上升，成了毕伽索的私人顾问。毕伽索对查林讲了他同韦子玉的争吵，查林很快就揣摩出毕伽索的心思。查林说，老街建文化街，建名人墙，势在必行，老街那些头面人物势必要重新浮出水面，这是不以个人意志为转移的。毕总作为干街最大的成功人士，无论从哪方面讲，都不能袖手旁观。

毕伽索说，我也是这么考虑，袖手旁观就是任人摆布。

查林笑笑说，其实，以毕总的实力，只要略有表示，他们那个文化街也好，名人墙也好，就不能不考虑毕总的感受。

毕伽索说，感受，什么感受？

查林说，令尊啊，令尊的形象啊，他毕竟在茅坪战斗中打过鬼子，把亓元写的《茅坪战斗中的毕启发》贴在名人墙上，也是一种态度。

毕伽索说，可是，他们会这么做吗？

查林说，他们需要经费，招商引资，总得有回报吧。

毕伽索说，那你说说，我表示多少为宜？

查林说，太多没必要，少了不合适，我看一百万就差不多了。

毕伽索抬起头来，向远处看了看，把手一挥说，不，太少了，我出一亿三千万。

查林吓了一跳，冲口而出，啊，这么多！

毕伽索说，查大哥，你说我要钱干什么？我要钱就是买个舒坦。我拿一亿三千万，就是要把这件事情的主动权牢牢地控制在手里，我舒坦，我爹舒坦。为了这个舒坦，我还可以多拿一点。

查林怔怔地半天才说，毕总，这是好事啊。

毕伽索说，可是怎么把这个信息告诉韦子玉呢，我已经同他闹翻了。

查林说，这个我来做工作，那个小老弟，虽然有点书生气，毕竟是政府的副县长，一亿三千万，那是他给政府引来的一份厚礼，他不会不识相的。

这就说定了，由查林出面向韦子玉抛绣球。查林给韦子玉打了一个电话，说毕总准备为家乡斥资一亿三千万。说完了，电话那边并没有查林想象的惊喜或者惊呼。韦子玉只是淡淡地说，现在捐赠文化街的人还真不少，捐赠也不是轻易就能接受的。这样吧，我直接和毕总谈。

五一节后，韦子玉给毕伽索打来电话，首先对上次不辞而别表示歉意。韦子玉说得很客气，说自己在毕总的面前，还是个小老弟，不成熟。毕总的考虑也是有道理的。

韦子玉有了这样一个姿态，毕伽索也顺水推舟，说老弟不必计较，说到底还是大哥我缺乏涵养，确实有点为富不仁。这段时间大哥也在反思，确实应该为家乡做点实事了。

韦子玉说，大哥捐赠的事，我已经向县委汇报了，家乡领导和人民对于大哥慷慨解囊支持家乡建设十分感谢，我们将把大哥的功德铭记在心上。

毕伽索没有吭气。

韦子玉说，不过有个情况我得向大哥汇报，文化街第一期工程是名人墙，上墙的名单不仅县里论证，市里和省里都要过问，红色名人墙上只能是对革命有重大贡献的同志，同毕总心里想的恐怕有很大的差距。我说的这个意思，大哥应该听明白了吧。

毕伽索沉吟了一会儿说，我懂。但是我想知道，名人墙的内容确定了吗？

韦子玉说，基本上确定了，韦梦为、洪文辉、于诚志、乔如风这些人都没有太大的争议，现在又多出一个戈璧山来。

什么？毕伽索冲口喊了一声，戈璧山？那个国民党反动派？

韦子玉说，是的，文化街名人墙的方案公布之后，引起各方关注，戈璧山的问题，省政协和统战部过问了，他是原国民党军的旅长，在西华山战役中抗日有功，省里要求我们认真调查，提出明确意见。

毕伽索说，那就是说，戈璧山很有可能上名人墙？

韦子玉老老实实回答，是的，从目前掌握的情况看，这种可能性很大。

毕伽索又问，名单里还有谁？

韦子玉说，目前主要的就这些。

同韦子玉通完电话，毕伽索的脸色十分难看。他居然问

"名单里还有谁?",这话才出口他就后悔了,还有谁,你希望还有谁,你希望还有你爹?这才是真正的癞蛤蟆想吃天鹅肉,痴心妄想。别说名人墙上的名人数量有限,就是把干街的男男女女都搬到名人墙上,也轮不到他爹。就是把自己搬到名人墙上,也轮不到他爹。

现在,情况是越来越明朗了,毕伽索的压抑和愤懑也越来越有了方向,他妈的,连国民党反动派戈壁山都能上干街名人墙,而一个抗战老兵不仅无缘上墙,而且他的可耻历史极有可能因为这个名人墙而被重新抖搂出来,成为笑柄。是可忍孰不可忍!

十

自从亓元离开之后,毕伽索晚上时间多数都到淮上会馆,他在会馆旁边买了一块地,让他娘于兰花种地养鸡,他爹在一旁看。只要老家有人到深海,住在会馆里,吃饭的时候,就让老人出席,啥话也不说,就是看看家乡人。

现在照顾老人的,既不是保姆,也不是司机,而是查林。

查林的爹是干街的修表匠,据说查林出生前后那些年,干街还有不少钟表,可是到了六七十年代,钟表越来越少,修钟表的人自然更少,挨饿的事情是经常发生的,有时候为了一块锅巴,一家兄弟姐妹数人打成一锅粥,哭声骂声尖叫声直冲云霄。

那个年代，不要说读书人，干街所有人的日子都过得斯文扫地。倒是查林，始终怀着远大理想，要当作家，要像浩然那样写出《艳阳天》和《金光大道》，所以他在当造反派的时候也写小说，写剧本。上世纪七十年代，干街的文艺宣传队经常在县里调演拔得头筹，然后代表县里去地区参加调演，在全地区八个县的代表队中，干街宣传队的名次一般不会掉落到第三，基本是第一。这就给查林带来了很大的声誉，所以早在七十年代末，他就被调到县里文化局当了股长。

毕得宝在县城读师范的时候，韦子玉的二哥韦二毛在县城做生意，贩蛤蟆镜赚了钱，有一次请家乡人到城西的小馆子里喝酒，毕得宝被叫去陪同。不知道怎么就谈到那次批斗，毕得宝说，别的都没有什么，我就是想问问，为什么你们把乔如风拉去批斗，却不敢对他怎么样，反而踢了我爹一脚？查林想了半天才想起这件事情，一拍脑门说，嗨，你说这事啊，我跟你说，别看那时候乔如风是走资派，可是瘦死的骆驼也比马大，你看看那气势，那做派，真是老革命风采啊。至于踢了你爹一脚，我记不得了，你说踢了就踢了。这也是历史造成的，因为你爹他是个……嘿嘿，说了你也别在意，不说了。

查林说得抑扬顿挫，却是一点歉意也没有，话里话外多少还有点挑衅的意思。毕得宝真想把一杯酒泼到他脸上，可是他不敢，因为人家是县里的股长，而他才是个师范生，将来混得再好也就是个教师，他不敢得罪查林。他只是借酒壮胆，试探着请教查林，现在很多老干部都平反了，我爹的历史问题是不是也该有个说法了？查林当时愣了一下，明白后哈哈大笑，肆无忌惮地拍着他的脑袋说，平反？老弟你是说给你爹平反，哈哈，笑死我了，你爹有什么反好平的，你以为你爹是谁，是党和国家领导人啊。你爹他是个逃兵啊，在座的听说过有给逃兵平反的吗？

查林酒喝多了，笑得前仰后合。毕得宝的那一腔热血啊，熊熊燃烧，因为在座的还有两名女同学。他几次端起面前的啤酒杯想砸在查林的脑门上，可最终还是放下了，他在心里一遍一遍地念叨，君子报仇十年不晚。旁边的女生见他两眼微闭，口中念念有词，紧张地问他，毕得宝你怎么啦？他睁开眼睛说，没什么，我喝多了。

三十年河东河西。没想到查林成了毕伽索的门客。

于兰花的菜地和养鸡场同会馆一墙之隔，其实这个会馆就是毕启发的厅堂，于兰花的菜地就是会馆的后花园。毕启发终于安居乐业了，每天坐在门外的台阶上看老伴种地喂鸡，偶尔还到鸡圈外面看鸡打架，气色越来越好，酒量也有增加，好几次定量之后还把杯子推到老伴面前。于兰花跟儿子说了，老爷子要求增加一杯，毕伽索坚决地说，不行，他老糊涂了，我不糊涂。

毕伽索对他爹似乎返老还童有点意外的惊喜，他琢磨其中的原因固然是由于他事业的成功，光宗耀祖，滋养着老人，可能还有一个重要的原因，让爹娘离开干街，"逃兵"这座压在他爹头上几十年的大山终于被搬掉了，再过一些年，也许他会彻底忘掉。

一年前毕伽索把查林接到深海，差不多就是被亓元逼的。那时候他已经看到为毕启发恢复名誉的希望了，即便不能恢复名誉，也可以利用集团的资源让老爷子享受一下恢复名誉的快乐，这一切，如果能够得到亓元支持的话，应该是不成问题的。可是亓元偏偏在这个问题上较真，一点通融的余地也没有。毕伽索骑虎难下，情急之下他想到了查林。

毕伽索想到了查林，激动得眼泪都快出来了，倒不是因为查林可以完成亓元不愿意完成的任务，而是，在毕伽索的心里，这一次，他终于可以实现童年的梦想了，他要朝查林的屁股上踢一脚，不，踢两脚，不，不是踢在查林的屁股上，而是要踢在查林的心上。他要把查林对毕家的羞辱加倍还给他。

果然，查林一接到董华民的电话，说毕总要请他到梦为集团当文化顾问，这个刚刚退休的文化官员喜出望外。这些年，家乡人都知道毕伽索在外面发了大财，光皋唐县，就有一百多名教师辞去公职，投靠到毕伽索的门下。查林现在正闲着，写了半辈子剧本小说也没有写出大名堂，仅限于在皋唐县小有名气。能给毕伽索当文化顾问，还不仅是挣钱的问题，而是面子，面子大了去了。

查林第二天就带上简单的行李南下了，买的是卧铺票。一路上想着即将到来的荣光，那种感觉不亚于金榜题名。到了深海，接站的不是毕伽索，也不是副总董华民，而是一个自称小江的女孩子，把他接到一个小旅馆住下，晚上小江陪他吃自助餐。小江告诉他，毕总在外地开一个重要的会，等两天才能接见他。然后就把一堆资料交给他，说毕总有交代，让他先熟悉情况。

查林有点失落，却也没有多想。晚上打开那个厚厚的档案袋，都是抗战的资料，其中一篇是打印稿《茅坪战斗中的毕启发》，还有一张旧报纸复印件《西华山大战在即，蒋夫人前线劳军》，上面有一段批注——经查，西华山战役前后，蒋夫人未前往西华山前线，疑为以讹传讹虚假报导。毕启发在西华山战役中的表现与此无关。但毕启发在战役前夕因征粮同主力部队走散，三名战士牺牲原因不详，毕启发重伤原因不详。仅国军医院出具的出院证明为战场乱炮误伤，为何误伤，时间、地点、事件均有漏洞。毕启发记忆混乱，战后尚未失去语言功能，但回忆前后矛盾，因此被组织上定性为"战前离队"，复员回乡。毕启发同主力走散的原因，走散后的表现，存疑难查。

这段文字是用毛笔写的，小楷，工工整整，能看出很深的功底。查林细细咂摸，顿时惊出一身冷汗，原来毕伽索的集团不缺文化人，而且是高手，看这一手字，没准还是个师爷。那么，他这个文化顾问怎么当呢？

那天夜晚，查林辗转反侧，想到即将接手的任务，看样子同毕启发有关。可是，这件事情还真的难办。"战前离队"是什么意思？是书面语言，是往好听里说，其实就是逃兵。

想到后半夜，查林突然来了灵感，又坐起来看那蝇头小楷，渐渐地把注意力集中在"记忆混乱""漏洞"和"存疑难查"三句话上，他不得不佩服"师爷"下的工夫，如果为毕启发做文章，那么，这三句话无疑就是最佳的路线图，第一，既然记忆混乱，那么前言不搭后语和自相矛盾就不能作为否定毕启发回忆的依据；第二，既然国民党医院证明毕启发为乱炮误伤的结论有漏洞，那么毕启发负伤就有另外一种可能，就有可能是战斗致伤；第三，既然存疑难查，说明还有重新调查的空间，难查是因为当事人都已作古，毕启发自己说不清楚，那么换个思路，当事人都不在了，死无对证，也就只好由活着的人说了算了……天啦，换个思路，换个思路，整个后半夜，查林被"换个思路"的思路燃烧着，他打算明天见到毕伽索，就把这个思路作为见面礼献给毕伽索。

可是第二天早晨他没有见到毕伽索，中午没见到毕伽索，晚上也没有见到毕伽索。查林这才发现小旅馆条件很差，早晨的自助餐还不如本县宾馆的好，心里就有些发凉，隐隐有一种不祥的感觉，委屈渐渐涌上心头。是你请我来的，不是我自己要求来的，你把我弄到这人生地不熟的地方坐冷板凳，这他妈叫什么事啊！

到了第三天上午还没有见到毕伽索，查林沉不住气了，吃了中午饭，回到房间悲从中来，在镜子面前看着自己的白发，感觉就像孔乙己，突然生出一股豪气，对着镜子里的自己念念有词地骂毕伽索，你以为你是谁，一个暴发户而已。你以为你拿钱就能把你爹的照片挂到天安门了，可笑！就算退休了，老子也是个国家干部，我犯得着来给一个逃兵的儿子当狗腿子吗，算了，此处不留爷，自有留爷处，老子还是回去当退休老干部，安度晚年去。

那一阵子，查林当真下了决心，并动手整理行李了。可是整理到一半，又住手了。真的打道回府，还不是那么容易的，一则他临走时已经把话放出去了，是到深海给毕伽索当文化顾问。二则，梦为集团丰厚的待遇到底还是有诱惑力的。查林怀着复杂的心情，把快要收拾好的行李重新打开，睡了一个忍辱负重的午觉。

一觉醒来，小江已经在外面按门铃了。小江告诉他，毕总从上海回来了，今晚在南湖大酒店设宴给他接风。

查林差点热泪盈眶了，他为自己及时地扼制了冲动而感到庆幸，几天来的郁闷一扫而光。他穿上了来深海之前斥资两千元买的西服，拿不定主意要不要扎领带。小江微笑告诉他，不必那么正规。

在前往南湖大酒店的路上，查林问小江，今晚参加宴会的还有什么人，小江告诉他，这个她也不太清楚，老总的事情向来是董副总安排的。

到了南湖大酒店，但见大堂金碧辉煌，乘电梯上了三楼一号包间，小江引查林进门，里面已经高朋满座。查林一眼看见沙发上的毕伽索，穿着样式新潮的衬衣，正在同几个人谈笑风生，见查林进来，毕伽索欠欠屁股，挥挥手说，来了，我给大家介绍一个老乡，老家的作家，老查，这边来，坐。

查林听毕伽索喊他老查，心里很不是滋味，等毕伽索向他介绍客人，心里就更不是滋味。原来是老家几个县的父母官，其中一个查林认识，是本县的书记弓珲。一见到弓书记，查林愣了一下，尽管他已经退休了，可他还是不由自主地上前两步，弯下腰，把双手伸了出去。倒是弓珲很客气，站起来招呼他说，查局长，老前辈，没想到在这里见面了。您请坐。

查林的心里这才好受了一点。

介绍完毕，毕伽索说，各位书记有所不知，我这个老乡老查，他原来是我们老家的大笔杆子，七十年代想当浩然，要写出皋唐县的《艳阳天》和《金光大道》，后来写了不少小戏，从县里演到市里，名气大得很，谱也大得很。

查林脸上发烫，手足无措地说，那都是年少轻狂，毕总笑话了。

毕伽索说，老查你不要谦虚，你们文人都有傲骨，有傲骨是好事，有傲骨才能冰清玉洁。你说是不是？不过，李白也有傲骨，可是朝廷一旦召唤，马上就"仰天大笑出门去"，傲骨也是看对谁傲，你说是不是？

查林马上说，是的是的，毕总博览群书博闻强识。

毕伽索说，老查，你要向李白学习，斗酒诗百篇，今天来的都是家乡的父母官，你一次见到这么多县委书记，也是荣幸，一会儿你可得好好敬酒啊！

查林一听这话，心里一下子凉到了冰窟，天啦，说是为我接风，却原来让我敬酒，真是不拿村长当干部啊！嘴上却说，那是应该的，应该的。

再往下，就不知该说什么好了。

说话间，大门洞开，一个身材高挑的女孩子出现在门口，又稍稍侧身，做了个优雅的手势，接着便鱼贯进来五六个人。毕伽索和老家的父母官们纷纷站起。毕伽索介绍说，这是深海市的邱市长，张秘书长，马主任。然后向邱市长等人介绍家乡的县委书记，再向书记们介绍集团副总董华民、财务总监赵虞山、行政处长亓元。毕伽索还特意说，这个亓元，她的姓氏很特别，一般人不认识，字形就像圆周率，π。

邱市长说，这个字我认识，我分管电视台的时候，电视台给我打报告，说这个女孩素质极高，人也漂亮，一定要留在电视台，可是她放弃那么好的工作，跑到你梦为集团来了，可见梦为集团有魅力哦，你毕总有魅力哦！

毕伽索说，市长这是挖苦我了，小亓她到梦为集团来，或许是因为私营企业更自由一些。

张秘书长说，在梦为集团的年薪，比在电视台多十倍，她当然选择在梦为集团。现在的年轻人，更实际了。我这样说小亓你同意吗？

亓元微笑说，这确实是一种可能。

邱市长打岔说，老张你恐怕还没有说到点子上，小亓到梦为集团，可不是冲着钱来的。这个孩子我知道一些，她的野心大得很哦。好，人到齐了没？

毕伽索说，到齐了，就座吧。

亓元注意到毕伽索没有介绍查林，正要提醒，毕伽索却把目光转到邱市长身上说，今天是邱市长接见我家乡的见学团，市长你坐主席位置吧。

邱市长已经站在一号座的背后了，把椅子往后一拖，一屁股坐了下去才说，我是首席，当仁不让，主席还是你来当。

见邱市长已经落座，毕伽索赶紧招呼弓珲，弓书记你看……

几个书记一齐推搡弓珲说，老弓，你是毕总家乡父母官，这二把交椅你不坐谁坐啊？

弓珲看着查林说，查局长是刚刚从老家来吧，您是大哥，这个座还是您坐吧。

查林正寒冷着，听弓珲这么一说，心里一热，嘴上却赶紧推辞，弓书记，您就是处分我我也不敢，弓书记，您就坐吧。

弓珲说，那就恭敬不如从命了。然后招呼同行的几个县委书记，基本上按年龄大小排座。

毕伽索招呼董华民、赵虞山和亓元穿插陪同当地和家乡两拨官员，眼看大家都落座了，只有查林还没有着落，站在一边看别人让座，强作笑颜，脸皮越来越木，越来越僵硬。

毕伽索安排亓元坐在张秘书长的身边，亓元迟迟不落座，走到查林面前说，查局长刚到深海，你往上坐坐吧，我在下面好招呼。

查林的心里五味杂陈，却没有挪步，僵硬的脸上动了动，说了一句，谢谢孩子，我就坐在这里，我是毕总的老大哥，我在这里不是客人。

这句话说完，查林的眼泪都快出来了。

亓元说，查局长，您以后就是我的老师了，查老师您往上坐坐吧。

查林还是没动，拿眼看了毕伽索一眼。毕伽索这才挥挥手说，老查，你就往上坐坐吧，你跟她一个小字辈客气什么啊！

十一

那顿晚宴，是查林终生难忘的。在宴会开始之后，他暗暗给自己定下三条原则，第一，滴酒不沾，就说自己血压高。读书人是有骨气的，他打算以罢酒来表现自己的骨气。第二，绝不主动敬酒，不吃菜不喝酒不说笑不动地方，他将像一根木头杵在那里。第三，酒过三巡就借口肚子疼，开溜。

可是，宴会开始不到三分钟，他就意识到这三条原则一条也兑现不了。毕伽索代表家乡五百万人民感谢深海市对老区的支持、对外地打工劳动者的关爱、为家乡见学团提供方便，提了三杯酒，大家共同敬邱市长。

直到三杯酒喝完，查林才想起他的三条原则，刚才端杯子的时候，他完全忘了。在这个场合，不要说他的手，连他的大脑都不属于他自己了。至于说到敬酒，虽然他坚持了一会儿没有主动，可是当弓珲端着酒杯走到他面前之后，他慌忙站了起来，弯下腰说，弓书记为家乡人民连日奔波，辛苦了，你随意，我喝干。弓书记没有随意，而是一饮而尽。他激动，接着给自己倒了两杯说，那好，弓书记你喝一杯我喝三杯。等到邱市长等人敬酒，他更是受宠若惊，连续三杯三杯地喝，一口菜没吃就晕乎了。这时候他不能溜，溜不动，也不想溜了。

不过，在最初的半个小时之内，他只是晕乎，还没有完全喝醉，他坚持没给毕伽索敬酒。毕伽索似乎注意到了他有点不正常，端着杯子走到他的面前说，老大哥辛苦了，老弟敬你一杯。

查林的心在滴血。你他妈的现在叫我老大哥了，你总算知道给我敬酒了，可是你知道吗，老子不领这个情，老子受够了！

他听见自己的嗓子眼里拼命地往外冒这几句话，可是这些话并没有从嘴巴里冲出来，冲出来的话是，毕总，谢谢你，请毕总多多关照。毕总有事，尽管吩咐。愿为毕总效犬马之劳。

说完这几句话，他抓过酒瓶，干脆把茶杯里的剩茶倒在地上，咕咕咚咚倒了一满茶杯，摇摇晃晃地举到毕伽索的面前，像牛一样往下灌。

毕伽索预感到要出事，赶紧示意亓元把杯子从查林的手里夺下，查林挣扎着又把杯子抓到自己的手里，然后——他威武不屈地向四周看了看，这时候四周在他面前一片波浪，翻滚着升腾着——他费力地睁开双眼，迈动发软的双腿，走一步突然腿一软，差点儿单腿跪在地上。他昂起头来，瞪着一双茫然的眼睛，再向四周看去，突然笑了一下，就像宁死不屈似的仰天大笑。然后他端着茶杯，向邱市长走去，向弓书记走去，向张秘书长走去……所有的人都看清楚了，他走一步就要瘸一下，好像一条腿长一条腿短，走起来一高一低，走一步喝一口。

毕伽索的脸顿时白了，厉声吼道，老查，你要干什么，别喝了！

亓元等人赶紧围上去想夺下查林的茶杯，他用胳膊肘挡住了，哈哈大笑说，别夺我的杯子，毕总让我敬酒，我要喝个够，轻伤不下火线，老子绝不当逃兵！

后来的事情就一发不可收拾。

查林是在第二天上午醒过来的，当时还在输液。毕伽索就坐在他的床边，等着他醒来。查林感觉哪里不对劲，睁开眼睛，看见毕伽索，愣怔了半天，突然从床上翻下来说，毕总，毕总，你怎么在这里？

毕伽索面无表情地说，我倒是要问问你，你说你为什么在这里？

查林说，不知道啊，奇怪啊，我记得昨天晚上咱们在一块喝酒，我怎么会到这里，这是哪里？

毕伽索冷冷地说，这是医院。

然后又指着输液瓶问查林，知道这是什么吗？

查林怔怔地看着输液瓶说，离得太远，你把它拿下来我看看。

毕伽索还是毫无表情地说，不用了，这是稀释酒精的药，溶剂是生理盐水。可是医院里给醉汉解酒，通常都用葡萄糖。

查林看着毕伽索，一脸无知，突然睁大了眼睛说，啊，不是给我输葡萄糖吧，我有糖尿病啊。

毕伽索说，这个你放心，你昨天住进来的时候，我就交代过他们，不能给你输葡萄糖。你知道吗，如果一个人想弄死一个人，他有一千个办法，所以他不会采用最愚蠢的办法。

查林倏然睁大了眼睛，惊恐地问，毕总，你这话是什么意思？

毕伽索并不理会查林，两眼望着输液瓶，继续沿着自己的思路说，一个人不想弄死一个人，他也有一千个办法，而且每个办法都是好办法。

查林半天没吭气，好像想起了什么，不安地看着毕伽索说，毕总，我是不是做错了什么，让你不高兴了？

毕伽索说，无所谓，我毕伽索，大丈夫能屈能伸，逃兵的儿子我当了五十年，我还在乎什么？

查林彻底醒了，突然嚎啕大哭，继而掩面而泣，毕总，我昨天喝多了，出丑了，我对不起毕总的厚爱，刚到深海就给毕总丢脸。毕总，我对不起你啊……

毕伽索面无表情地看着查林，似乎在判断什么。等查林的哭声稍微拉长了节奏，毕伽索说，当然，我也有粗心的地方。老查，我请你来，可不是让你喝醉的，只要你把事情做好，怎么都好商量，钱不是问题。但是，如果你想在我毕伽索面前做点什么文章，那后果你是清楚的。

毕伽索说这话的时候，亓元陪同弓珲来看查林，刚刚走到病房门外，两人不约而同地放慢了脚步。弓珲做了个手势，把亓元引到病房外面说，小亓，昨天晚上喝酒，查林同志好像有点不太正常，他和毕总之间到底是什么关系？

亓元想了想说，查老师是毕总请来的。

弓珲见亓元回避，就把话题扯开，关切地问集团的一些情况，还问了一些个人的事情。末了问了一句，去过毕总的家乡吗？

亓元回答，没有，但是很想去，我就是因为毕总的家乡才到毕总的集团上班的。

弓珲惊讶地说，啊，还有这么回事？

亓元说，我在网上百度"梦为集团"，没想到百度出一个"韦梦为"，我把梦为集团和韦梦为联系在一起，所以，我就选择了梦为集团。

弓珲意味深长地问，你现在还这么认为吗？

亓元沉默了一阵，避开话头说，那个韦梦为，太让我敬佩了。

弓珲若有所思地说，哦，原来是这样。我代表韦梦为的后人，欢迎你到韦梦为的故乡，也希望你能领略韦梦为的时代。

亓元说，我会去的，事实上我已经去了很多次，梦里。我还会唱他写的歌，鲜花岭上鲜花开，平等世界人是人。

弓珲不说话了，看着亓元。亓元看着远处。远处是上午的蓝天，水洗一般纯净。蓝天下面堆积着初夏的白云，宛如簇拥的城堡。

作为皋唐县的一把手，弓珲对韦梦为自然不陌生，但他没有想到亓元是因为韦梦为才误打误撞到了梦为集团，毕伽索的事业，沾了"梦为"这个品牌不少光。弓珲说，是啊，这个人，确实不同寻常，一个连咖啡和牙粉都要进口的阔少，把全部家产都交给革命了，大下为公，追求平等，这种境界，非凡夫俗子能够理解的。

亓元说，我很小的时候，奶奶给我讲过一个童话，小动物联合起来战胜老虎的故事，让我非常着迷。后来我研究生毕业，找工作的时候，查询梦为集团资料，引出一个链接，这才知道，那个童话的作者是韦梦为，童话的名字叫《鲜花岭上鲜花开》，我觉得这太神奇了，好像冥冥中我和这个人有一种联系，必然让我找到他。

弓珲说，是很神奇啊，我没有读过那个童话，但是我知道他写的一首歌，鲜花岭上鲜花开，花开时节红军来，红军来了为平等，平等世界人是人。还有他那句名言，一个人幸福是不道德的幸福。

亓元说，我很喜欢他翻译的作品《苦难英雄》，对照了几个版本，包括修订本，还是韦梦为翻译得最好，我感觉其中有他自己的体验。据说，他是最早提倡红军干部读文学作品的。

弓珲说，惭愧，这个情况我还真的不太了解，没想到韦梦为还是个文学家。

亓元说，很多革命家都是文学家，比如陈独秀、毛泽东、瞿秋白、方志敏、沈泽民，这些人让我对中国革命有了新的认识。

弓珲叹道，如今这个世界，还有你这样的年轻人，真是难能可贵。

亓元笑笑说，我喜欢，喜欢就是理由。

弓珲说，听说毕总对他父亲的事情一直没有放下？

亓元说，是的，已有的结论确实有疑点，可是证据不足。

弓珲说，哦，是这样啊，我倒是希望能够弄个水落石出。我们党讲究实事求是。如果亓处长有兴趣，到实地考察一下，也许会有新的发现。

亓元说，等时机吧，我暂时还脱不开身。

后来就到了查林的病房。

弓珲对查林说，我们在深海的见学任务已经完成，下午就要回皋唐了，特意来向查老师告辞。弓珲交代查林，毕总在为家乡人争光，家乡人要给毕总提供正能量。老家那边请放心，有什么事，组织上会关照的。

那一年的春天，毕伽索的事业进入到良性循环状态。毕伽索的办公室里有一幅巨大的中国地图，上面密密麻麻地插着小红旗，标注着集团麾下学校的分布情况。毕伽索在集团中层以上管理人员大会上说，知道我们为什么叫梦为集团吗，因为我的家乡有个韦梦为，田地横跨三省五县，商号遍布大江南北。我毕伽索的梦想，至少在中国，凡是有人的地方，就有梦为集团属下的分公司和学校。

毕伽索的讲话很有煽动性。在这次讲话之后，梦为集团的新人们才知道，梦为集团之所以叫梦为集团，原来有这样一个背景。但是有一点毕伽索没有告诉大家，韦家这庞大的产业，实际上是败落在韦梦为的手里。韦梦为把他的家产都送给革命了。

那一年亓元认识了弓珲，恰好不久之后因为毕启发的宣传问题同毕伽索闹了点意气，弓珲邀请她去皋唐县看看毕总的家乡，她就向毕伽索递了请假条。一个意外的收获是，在干街，她意外地遇到了一个人，乔司令的儿子乔梁，小伙子是理科留学生，假期回国，被乔大桥强行派到干街调研西华山战役的历史，更让她意外的是，乔大桥给儿子指派的任务是，调查毕启发离开队伍那几天的去向。虽然她不知道乔大桥此举的目的，但是这个课题还是吸引了她，两个年轻人很快就达成共识，并且一道考察了西华山战役旧址，果然有了新的发现和线索。不尽如人意的是，后来因为乔梁假期满了，这项调研半途而废了。

元元在淮上采风的日子，正是查林峰回路转的日子。等他彻底酒醒之后，毕伽索派人把他接到一个去处，这回是个总统套间。

安顿下来之后，小江拿出一份协议书，让查林过目，他一条一条看了，最关心的当然是年薪那一款，还没看完心脏就突突地跳了起来，二十万，天啦，二十万元人民币，这在皋唐县，差不多可以买一套房子了。

且慢，小江告诉他，这只是底薪，毕总有话，如果工作出色，还有额外奖励。

查林睁着一双受惊的眼睛，抠抠眼窝问，可是，到底让我干什么工作？

小江说，毕总说了，他的心思你最懂。

查林不说话了，发了一阵呆，突然站起来对小江说，孩子，你转告毕总，我老查，老骥伏枥，一定不负重望，坚决完成组织上交给我的任务，捍卫毕老爷子的一世英名，一定，一定……

查林的声音越来越小，说到最后，小江感觉就像有一只蚊子在她的耳边嗡嗡。

查林果然进入了他一生中创作的泉涌阶段，前十天里，他每天都要把那段写在《茅坪战斗中的毕启发》和那上面的批注看上一遍。那时候他知道了，那些漂亮的小楷字不是出自老学究，而是亓元写的。他简直不敢相信，简直觉得那个脸上始终挂着平静微笑的女孩不是人，简直就是一个狐仙。批注上面的每一个字都熠熠闪光，每一个字都能幻化成灵感，灵感就像夏天原野上空噼里啪啦的闪电，照亮了他思维世界的天空。终于，在亓元从皋唐县回来之前，他完成了《西华山战役中不为人知的秘密——"逃兵"毕启发九死一生的奇迹》。把稿子发到毕伽索信箱之后，他决定狠狠地奖励一下自己，独自到街上的小酒馆喝了两瓶啤酒，回到豪华包间，坐在马桶上，眼泪无声无息地流了十几分钟。

第二天下午，毕伽索把他叫到集团的办公室，客气地让他坐下，然后拿出他的稿子问他，老查，你觉得你写得怎么样？

他忐忑地观察毕总的表情，毕总没有表情。他的心顿时又慌乱起来，结结巴巴地说，毕总，我水平有限，可是，我是尽心尽力的，我可以改，只要您不满意，我就继续修改，直到您满意为止。

毕伽索站了起来，还是一副公事公办的面孔，是需要改，必须改！

他的心呼啦一下提到了嗓子眼，惶惶地站了起来，毕总，您吩咐，我一定实现您的愿望……

毕伽索看着查林，像看一只奇怪的动物，看了好久才把稿子往桌子上一拍，大喊一声，老查！

查林吓得腿都打颤了，冷汗直冒，毕总，我在。

毕伽索走到他面前，拍拍他的肩膀，左一下右一下，拍得查林神情恍惚。毕伽索拍够了，把查林的脸搬起来，看着他的眼睛说，老查，查大哥，你终于开窍了，你终于干了一件正经事情。记住这个日子吧，这是你创作生涯中最值得纪念的一天。

转眼之间恍若隔世，查林的嘴巴张了几下，什么也没有说出来，只是嘟哝了一句，毕总……

毕伽索说，哈哈，我也不跟你卖关子了，这是一篇非常科学、非常客观、非常艺术的文章。

查林还是不放心，试探着问，毕总，您不是说需要改吗？

毕伽索说，是需要改，只要改一下标题，把"逃兵"两个字去了就行了。

查林如梦初醒，长长地呼出一口气来。这时候他才明白，毕伽索实在太在意"逃兵"这个字眼了，加上引号也不行。

离开毕伽索的办公室之前，毕伽索扔给他一张支票，三十万元。查林拿着支票的手不禁剧烈地抖动起来，三十万元是个什么概念？这是他几十年笔耕全部稿费的若干倍，如果让他重新回到文化局，恐怕他写到死也挣不来这么多稿费。他眼泪汪汪地说，毕总，您待我真是天高地厚，您指向哪里，我就打向哪里。

这篇文章，后来被亓元评价为"像是真的，不是真的"。查林对这个评价感恩戴德，他知道，毕伽索之所以充分肯定这篇稿子，关键就在于亓元说的这个"像"字，这个字太重要了。不是真的，像是真的，多么精辟的语言，唯其因为"像"，才是艺术啊！

　　不料才过去一个星期，风向大变，先是毕伽索精心组织的试讲会被老爷子搞砸了，幸亏是试讲，洋相仅限于小范围。接着网上出现质疑，弄得毕伽索也很紧张。毕伽索网上挨骂的第二天早晨，他就神秘地到银行，把账转到老伴的账户上，他寻思，万一毕伽索反悔，要收回那三十万，那他就横下心来，要命一条，要钱没有。

　　好在毕伽索并没有反悔，似乎早就把那三十万忘了。

　　这件事情发生在一年前，这一年里，毕伽索很少再提"不为人知的秘密"了，而是让他协助亓元办报纸，经常去陪老爷子和老太太吃饭，年薪仍然二十万元。

十二

　　这段时间，亓元第二次出走，而且一去不返，《梦为之声》再次由查林负责。集团麾下几千名教师，政治、历史、地理各个专业的人才都有，但是文章写得一般。查林盘算，毕伽索给他年薪二十万，还是合适的，他当这个主编是称职的。自从得到干街要建名人墙的信息，隐藏在他心里的那颗种子又蠢蠢欲动了。毕总待他不薄，毕总的心思他最懂，他要为毕总分忧，要主动作为。帮助毕总搬掉压在他心上的那块大石头，当然还是要从老爷子那里打开突破口，所以这一个多月，只要有时间，他就到老爷子家里吃饭。

　　毕伽索难得回来吃饭，照例要喝一杯。吃过饭，于兰花推着老爷子在院子里溜达，毕伽索和查林跟在后面散步。毕伽索说，老查，干街要建文化街的事情你知道了吧？查林说，知道了。毕伽索说，你对这件事情怎么看？查林说，经济发展了，有钱了，各个地方都在搞文化建设，这也是趋势。

毕伽索说，是啊，是好事，可是……毕伽索不说了。

查林说，毕总是考虑名人墙的事吧？

毕伽索看看查林，又抬头看着远处。

查林说，这些天我也在想这件事情，修名人墙，有些历史就会被重新提起，可能会有一些负面的东西。不过，老爷子在茅坪战斗中的表现，组织上是有结论的。可以扬长避短，不提西华山战役，把茅坪战斗的事情放大，以毕总的影响力，我想当地政府不会不顾及毕总的感受。

毕伽索说，这个我想过，确实存在这种可能，但我心里还是不舒服。茅坪战斗不能说明问题。

查林无语，他知道，毕伽索的心结还是在西华山战役上。

毕伽索说，我就一直不明白，我爹参加新四军之后，很快就在茅坪战斗中立了一功，为什么会在西华山战役之前开小差，不符合逻辑啊。

查林没法回答，心想，这有什么不符合逻辑的，战场是复杂的，人的心理也是复杂的，什么情况都有可能发生。只是，这话他不敢对毕伽索说。查林说，还是亓处长那句话，关键要搞清楚，老爷子在同主力失散之后，在西华山战役展开那几天，他在哪里，做了什么。

毕伽索说，查大哥，你陪我爹吃了那么多饭，有没有什么新线索啊？

查林说，毕总，你看老爷子，能吃能喝，就是不能说，他要是能说，早不就说清楚了吗？

毕伽索怔怔地看着查林说，那你说，这件事情就这样了？

查林心里一咯噔，听出了毕伽索的不快，沉吟片刻才说，毕总，我不是这个意思，我觉得，老爷子在西华山战役中的表现一定另有隐情，那年你把我调到深海来，我连夜看了那篇文章《西华山大战在即，蒋夫人前线劳军》，还有亓处长写的《茅坪战斗中的毕启发》，那一夜我都没有睡好，我一直琢磨亓处长写在文章外面的"记忆混乱""漏洞"和"存疑难查"，这三句话，可以说为老爷子翻案提供了理论依据。虽然我的那篇文章没有得到认可，我有责任，但是，我并不认为那是彻底的失败，而是成功的开始。

毕伽索来了精神，嗯，你是这么看的？

查林说，亓处长对我那篇文章的评价有八个字，"像是真的，不是真的"，原先我们都满足于一个"像"字，错就错在这里。现在，只要毕总你下决心，我就再做一次努力，要把这句话变成"像是真的，就是真的。"

毕伽索的脸上不易觉察闪过一丝惊喜，你有把握？

查林说，关键还是亓处长说的，那几天老爷子在哪里，他既没有回部队，也没有回干街，他总不能到天上转一圈等战斗结束后再下来吧？

毕伽索回忆了一下说，国民党的医院不是有证明吗，被乱炮误伤。

查林说，亓处长的批注写得明白，国民党医院的证明不足为信啊！

毕伽索皱着眉头说，不要老是被亓元牵着鼻子走，再说，她已经背叛集团了。你就不能换个思路？

查林这次却没有退却，以肯定的口气说，不，亓处长说得对，必须把那几天老爷子的行动搞清楚。

毕伽索说，你是不是有线索了？

查林说，是的，这段时间我一直在做功课，终于发现，我们过去都是被那张旧报纸带到迷雾中了，被老爷子说的救了蒋夫人这句话给害了。

毕伽索异样地看了查林一眼。

查林马上改口说，老爷子那个说法，把我们的思路引偏了。毕总我向你报告，昨天，我的研究有重大突破。

毕伽索吃了一惊，停住步子，侧过脸来，看看查林问，重大突破？

查林说，昨天，我在网上看见一篇文章，西华山战役前期，还发生过一次规模虽小却很激烈的战斗，那是国军家眷转移的途中，被日军一个班和汉奸一个中队追击，在长岗北侧黄庄发生激战，眼看日军快要追上家眷队伍，从敌后传来枪声，打乱鬼子阵脚，国军一个排掩护家眷突围，由国军蜀涧埠阵地派出主力，将家眷接走。

毕伽索问，这同老爷子有什么关系？

查林说，关系重大。敌后，敌人的背后，传来的枪声，是谁打的？完全有可能是老爷子和他的三个战士，因为征粮来到黄庄，遇到鬼子尾随国军家眷，出其不意从背后包抄，从而掩护了国军家眷转移。

毕伽索眯起眼睛想了一会儿说，我爹他说救了蒋夫人。这个怎么解释？

查林说，至于宋美龄到前线劳军，是个谣传，可能是国军旅长戈璧山他们为了鼓舞士气放出的烟幕弹，参战的新四军应该也听到了这个谣传，遇到有女人的队伍，想当然认为这就是宋美龄和她的卫队，所以他们认为救了蒋夫人。

毕伽索说，有点道理，可是我爹还说是在干街打的啊！

查林说，这个确实是个疑点，只能解释老爷子在那次战斗之后神经错乱，张冠李戴了。

毕伽索不说话了，看他娘推着他爹从远处缓缓地走过来，然后对查林意味深长地笑笑说，老查，你别急，还是把事情搞清楚，免得又是一个"像是真的，不是真的"。说完，到他爹娘面前打个招呼，进门夹起皮包，走了。

查林碰了个软钉子，很是郁闷，回到住处，打开电脑，再去看那篇新出现的文章。这篇文章虽然发在"历史勾陈"网站上，公开征询信息，可在查林的心里，隐隐感到这篇文章就是为他而发的。

关于西华山战役，《淮上抗战史》是这样记载的，1945年4月，日军侵华部队已经进入穷途末路，为了实施战略撤退，集中三个联队的兵力和汉奸部队三万余人，进攻淮上守城寿春，企图打通东进路线。国民党淮上守军暂停反共摩擦，在西华山一线阻击，戈璧山第一三六旅担负北线阻击任务。新四军淮上支队以民族大义为重，派出洪文辉独立团扼守蜀涧埠、流波、马念道等要地。战斗前期，独立团先后打退敌人十几次进攻，战斗中负伤兵员，皆转送一三六旅战地医院抢救。战斗第七日，日军突破顾山防线，独立团伤亡过半，残部仅三百余人。为确保主峰西华山，新四军淮上支队命令洪文辉增援西华山南侧界岭，并构筑长岗阵地，钳制敌进攻西华山主峰兵力。当夜日军集中兵力围攻长岗高地，并实施炮火袭击，洪文辉在战斗中负伤，七连连长于诚志在高地即将落入敌手之际，命战士在阵地埋上地雷，二排长乔如风带领仅剩的三名战士边打边撤，吸引敌人进入阵地，于诚志在工事里拉索引爆，蜂拥而来的日军和汉奸百余人丧生，于诚志与敌同归于尽。

这个记述同毕启发没有任何关系。

自然，长岗战斗不是西华山战役的全部。查林殚精竭虑，在三十多场大大小小的战斗中，试图找到毕启发的踪迹，但是没有。

恰巧就在这天夜里，查林发现信箱里面出现一个电子邮件，提示他注意发生在流波的战斗。

流波战斗发生在西华山战役前期，一架美军战斗机被日军击落，飞行员跳伞后被流波民众藏匿，国军派出马彪少校率领一个特务排和翻译黎露女士前往流波寻找，遭遇日军搜查部队，双方在流波基督教堂南侧的林家大院僵持，持续巷战，战斗一昼夜，马彪少校率部救出美军飞行员，获青天白日勋章一枚。

这件事情跟毕启发有什么关系，查林想破脑袋，还是没有想明白。

十三

韦子玉这次给毕伽索打电话，客气多了，问他那一亿三千万到底考虑好了没有。

毕伽索想了想说，再考虑考虑。

韦子玉在电话里说，大哥，前几天选址，我回老街了，老街现在只有一些老人和孩子，稀稀落落十几幢破房子，有的还是草顶土墙。西头你家那块，一间房子都没有了，杂草齐腰深，看着好凄凉。

毕伽索说，是啊，年轻人都到新街去了，老街很快就彻底消失了。以后，只能回忆了。

韦子玉说，我有个想法，还不成熟……

毕伽索说，咱们兄弟谁跟谁啊，有话尽管说。

电话里传来刺刺啦啦的声音，感觉韦子玉下了很大的决心，才把话说出来，很神秘的样子。韦子玉说，大哥你在深海老乡中一呼百应，能不能考虑为干街做点实事？

毕伽索警觉地说，做什么事，我们要在马岩湖建度假村，不就是为干街做事吗？可是你们不支持。我打算拿一亿三千万赞助你们的文化街，可是你们连我最起码的要求都不能满足。我还要做什么事？

韦子玉说，实话说，我不是太希望你拿钱赞助文化街，况且文化街也用不了多少钱。我的真实想法……话到此处，韦子玉打住了。

毕伽索静静地等待。

韦子玉说，我有一个梦想，可是我没有能力实现。我的梦想其实也是大哥你的梦想，而且你有能力实现。

毕伽索说，县长老弟，又跟我绕什么弯子？

韦子玉说，在跟你通这个电话的时候，我不是县长，我是你的干街乡亲，是你的街坊老弟。

毕伽索说，你这么一绕我明白了，你还是想搞你的那个唐宋村，解决空巢老人和留守儿童的问题。这不是我力所能及的事情。

韦子玉说，你带个头，就会有更多的企业家开辟这个事业。

毕伽索说，我就算带这个头，也没有人会响应，企业家是要赚钱的。

韦子玉说，金钱本来就是泥土，一切都是泥土，包括原子弹，也包括你和我，都将成为一抔黄土。要钱何用？

毕伽索说，要钱没用你还跟我谈什么？

韦子玉说，要钱有用，做有用的事，做有价值的事。

毕伽索说，企业不是慈善机构，你跟一个企业家谈这个问题，合适吗？

韦子玉说，我认为是合适的，因为你是个有长远眼光的人，是个大企业家。

毕伽索说，子玉老弟，你是家乡政府的副县长，我认为你应该做的事情，首先应该集中精力把文化街建好，而不是满足乔大桥还有你的小资情调。那东西是害人的。

韦子玉的声音突然变了，好像注入了一种叫做情感的东西，毕伽索似乎从韦子玉的声音里看出了他神往的眼睛。韦子玉说，憩园，憩园，你知道憩园是什么吗？

毕伽索心里一振，猛地喊了一声，你说什么，亓元，亓元在哪里？

韦子玉说，憩园就在你的家乡，唐宋村就是你的憩园。

毕伽索傻了，愣了半天才说，老弟，我看你是走火入魔了，我真的要提醒你，你有了今天不容易，你不能跟着乔大桥不着边际了，他已经退休了，你的路还很长。

韦子玉没有理会毕伽索的劝告，仍然沉浸在一种忘我的情绪中，喃喃地说，憩园，不仅是你的憩园，它也是我的憩园。在我们这个车轮滚滚物欲横流的世界里，我们最需要的就是心灵的一块净土。毕大哥，毕总，今天我是鼓足很大勇气来跟你交流感情的，我不是叫花子，我不是来找你化缘的，事实上，我是在帮你。帮你找回一颗爱心，有爱心的企业家才是真正的企业家而不是商贩。

说完这话，韦子玉把电话挂了。

毕伽索情不自禁地把手机举到了眼前，似乎想从屏幕上再把韦子玉拉回来，抓住他的衣领问问他，亓元她到底在哪里？一分钟后再拨韦子玉的号码，韦子玉已经关机了。

这一切来得那么突然，消失得那么彻底，让毕伽索恍若隔世。

愣了半晌，毕伽索把妻弟唐斌的电话拨通了，怎么回事，韦子玉的脾气突然大起来了，是不是受到什么刺激了？

唐斌想了一下说，脾气大了吗？我没怎么觉得，倒是感觉他有点消沉了。这兄弟别看当个副县长，还是个书呆子。

毕伽索说，书呆子不错，可是也不至于胡言乱语啊。

唐斌惊讶地问，怎么胡言乱语了？

毕伽索说，我问你，梦为集团的亓元最近有没有出现在干街？

唐斌一头雾水，没有啊，你那个能干的助手我是见过的。

毕伽索说，她已经辞职了。可是，就在刚才，我跟韦子玉通电话，他居然说，我的亓元在干街，干街就是我的亓元，我们人家都需要亓元。这不是胡说八道吗？

唐斌愣了半晌，在电话那边叫起来了，姐夫，我明白了，他说的那个憩园，不是你说的那个亓元，他那个憩园就是他的唐宋村，它不是人，是一个……唉，我也说不清楚它是个啥，反正不是你说的那个亓元。

毕伽索怒吼，到底怎么回事，一个个都不会说话了，简直中邪了！

唐斌说，前几天韦子玉又去干街一趟，他听镇长郑弋阳说，省里电视台有人到干街考察，要在老街搞个项目，憩园，主要目的是帮助空巢老人和留守儿童。据说这个项目同当初乔大桥提出的唐宋村有很多相似的地方。自从那次之后，子玉就有些魂不守舍，经常就跟我们念叨，说这个创意好，名字好，政府给土地和税收方面的优惠政策，吸引成功人士归根，就可以带动老街建立一种怀旧的生活方式，人类应该诗意地栖居啊。我们也觉得他有点魂不守舍了。

毕伽索这才明白，他说的亓元同韦子玉说的憩园确实是两码事，但是他还是被韦子玉的憩园拨动了一下。毕伽索问唐斌，韦子玉到老街干什么，他以为他是乔司令，衣锦还乡啊！

唐斌说，主要是找洪雨声了解老街的历史。那个洪雨声你记得吧？

毕伽索说，有点印象，供销社的老职工，一辈子没娶老婆，疯疯癫癫的。

唐斌说，就是他，棺材里放个电话机，说他经常跟韦梦为通电话，韦梦为告诉他，革命就是要让所有的人过上好日子。你听听，韦梦为死了都七十多年了，通个鬼电话啊。上次乔大桥去干街，他又这么说，把乔大桥都吓了一跳。不过老街现在确实像个鬼街，一群黄土埋在脖子的人住在里面，也没有电，夜晚阴森森的，万户萧疏鬼唱歌啊！

毕伽索问，韦子玉就是为这事消沉吗，不至于吧，当今像老街这样的空城多的是，他一个副县长能管得过来吗？

唐斌说，所以我说他是书呆子呢。那个唐宋村，虽然在招商引资洽谈会上立项了，但是各级政府都把注意力放在文化街上。子玉可能是受乔司令的影响，对所谓的唐宋村偏偏格外上心，好像真的有点反常了。

毕伽索说，什么唐宋村，异想天开。

唐斌说，是啊，完全是痴人说梦，眼下，各级关注的都是文化街。只有乔大桥和韦子玉，好像得了复古病，偏偏这时候，有人提出要在干街建憩园，美其名曰，提供另一种生活方式的样板，所谓诗意地栖居，同乔大桥和韦子玉之流不谋而合。

毕伽索怔了半天，说了一句，见鬼了。

放下电话，抽了一支烟，毕伽索习惯地按了一下按钮，说了声，到我办公室来一下。

进来的女孩让毕伽索吃了一惊，是小江。这时候他才想起来，亓元已经辞职两个多月了。

毕伽索挥挥手，让小江离开了。

直到亓元离开十多天后，毕伽索才从董华民的嘴里知道了亓元当初最终来到集团的原因。原来在她硕士毕业前夕，市电视台已经非常看好她了，但是程序很复杂，宣传部一位副部长暗示他可以帮忙，至于条件，副部长说，你是聪明人，聪明人会办聪明事。亓元对这么赤裸裸的暗示给予赤裸裸的回答，亓元说，像我这样一直读书的女孩子，钱是没有的，色嘛有一点，可是，我的原则是，即便有一万个女下属同领导睡觉，但我不会。只有一个例外，就是我找你，但是现在我没有找你的打算。

副部长说，我不是那个意思，我的意思是，以后你就是我的人了，你得听我的话。

亓元说，那就更不可能了，我不是任何人的人，包括我未来的丈夫。我是我自己的人。

副部长从来还没见过这么油盐不进的女孩，有些恼羞成怒，但是最后还是给自己找了一个台阶，说他就喜欢这样有个性的女孩，他会帮助她进电视台的，如果电视台进不了，他分管的所有的和文化有关的单位都可以考虑。

亓元说了声谢谢，转身走了，不久就到了梦为集团。

董华民介绍的这个情况，同此前毕伽索分析的可能性八九不离十，但是董华民又讲了另外一件事情，则是毕伽索始料不及的。董华民说，我听小江说，亓元爱上了一个人。

毕伽索问，谁？

董华民说，韦梦为。

毕伽索怔住了，目光空洞地说，爱上了一个死了七十多年的人，这可能吗？

董华民说，当初她之所以选择了梦为集团，是因为她在网上查询梦为集团的时候，网页上弹出了"韦梦为"。小江说，她的资料夹里，关于韦梦为的资料，有上千万字。

毕伽索倒吸一口冷气，叹道，这个人，这个人啊，她想干什么，她要考古吗？

一个火花从记忆深处炸开，毕伽索终于想起了一件事情。那是在亓元进入梦为集团不久，有一次他到行政处的办公室，发现亓元的写字台上有一张黑白照片，一个戴着金边眼镜、西服革履的年轻人，从领带样式看，应该是上世纪初的人物。他当时好像还问了亓元一句，亓元是怎么回答的，他记不清了，应该没有正面回答。以后，他再也没有看见那张照片了。难道，那是韦梦为？联想到他在《梦为之声》杂志上看到的小说《夏日之晨》，毕伽索的心脏突然一阵悸动，那时候他认为，是因为他的存在而引起亓元对韦梦为的重视，而真相极有可能是，因为她发现了韦梦为，才选择了梦为集团。她到梦为集团是来寻找那个幽灵的。

终于，毕伽索想起来了，亓元当初辞职离开他办公室的时候，楼道里口哨的旋律是——鲜花岭上鲜花开。

十四

这天毕伽索没有回父母那里，而是把查林叫到集团的餐厅，两个人喝酒谈事。毕伽索说，老查，我现在越来越反感名人墙，你知道为什么吗？

查林一惊，他当然知道毕伽索为什么反感，可那是说不出口的理由啊。查林说，名人墙上的人，未必皆英雄。

毕伽索说，那倒不是，他们拉的那个名单，都是硬邦邦的。可是，在干街的历史上，名人多了去了。中华文明五千年，谁家没有几个七品官呢。你知道这话是谁说的吗？

查林笑笑说，韦梦为啊，这句话在淮上地区家喻户晓，当年还拿出来作为批判韦梦为的依据。

毕伽索说，对了，这些天我在想，韦梦为他们闹革命的时候，想过要上名人墙了吗？扯淡。韦梦为他们闹革命，就是要把自己搞成穷光蛋，有福同享，有罪同受。可是现在为什么还要分高低贵贱呢？

查林的眼睛瞪得老大，他发现毕总好像突然换了一个人，思想境界超凡脱俗，不得了啊！他只是不明白，毕总的境界为什么突然间升华了。

关于那一亿三千万，到底要不要投进去，查林自然不能替毕伽索拿主意。两个人聊了一会儿就散了。

有一点查林判断对了，随着干街文化街逐步推进，压在毕伽索心头的石头也就越来越重，在这个时候，惟一能为毕总排忧解难的就是他，如果他再不拿出来有力的证据来刷新毕启发在西华山战役中的表现，那么毕总随时都有可能把他一脚踢出门外，二十万年薪从此灰飞烟灭。

这天夜里，查林辗转反侧，后半夜披衣下床，他打开电脑的同时打开一瓶啤酒，他突然发现，信箱里又出现一封信，就是简单的几句话：时间，时间，空间，空间。

查林稳稳神，开始按照电子邮件提供的链接，打开一篇文章《西华山战役之流波战斗》，上面详细地介绍了国军马彪少校率领小分队寻找美军飞行员的过程，把马彪的功绩吹得天花乱坠。在这篇文章的下面，还有马彪等人在流波镇基督教堂南侧同日军激战的照片，那是美军飞行员拍摄的。查林对照了一下时间，发现那个时间正是毕启发等人不知去向的时间，也就是说，那几天，毕启发完全有可能出现在流波，参加了一场遭遇战，同马彪一起营救美军飞行员。至于国民党的报纸为什么只字不提，只能理解马彪贪天之功为己有。

查林一个激灵，找出放大镜，开亮了房间所有的灯，撅起屁股去看那张照片，依稀看到一个角落，几个士兵正伏在断墙上射击。他翻来覆去地研究，试图认出其中的一个，果然他成功了，或者说他感觉他成功了，那里面有一个人，他越看越像毕启发，后来他简直认为，那就是毕启发。

天啦，那一瞬间，查林差点儿晕了过去，把半瓶啤酒喝完，拿起手机就要给毕伽索打电话，按了两个按键之后，他又把手机挂了。

查林冷静下来，考虑的第一个问题是，谁给他发了这篇文章？他坚信不疑，是亓元，那个来无影去无踪的神秘女子，只有她会这样做。至于她为什么要这样做，他不清楚，也不想清楚，总之是有原因的。

查林考虑的第二个问题是，最好能找到马彪，但他很快就打消了这个念头，因为从网上查了无数次，里面既有记者的报导，也有马彪等人的回忆文章，绝口不提关键时刻有人相助，那时候讳莫如深，现在更是死无对证了。第三个问题是，如果说毕启发参加了流波营救美军飞行员的战斗，那为什么毕启发口齿尚清的时候老是说"老子不是逃兵，老子打干街了，老子指挥三个人，打了一天一夜，守住了东头学校，救了蒋夫人"。这是白纸黑字留在档案上的毕启发的自供状，就是因为这句话，所有的人都认为毕启发胡扯。

关于"救了蒋夫人"，查林一直坚持认为，当时确实有宋美龄到西华山国军部队劳军的传说，这个传说新四军的部队应该也有耳闻。甚至，像毕启发这样没有见过世面的人，在前线遇见过家眷，把女翻译当成宋美龄，都是有可能的。

现在剩下最后一个问题，那就是毕启发为什么一直强调"老子打干街了"，整个西华山战役，干街并没有发生战斗，毕启发此言从何而来？

直到天亮，查林也没有想明白，他感到自己确实无能为力了，这个问题不解决，所有的假设只能是假设。他庆幸自己没有贸然向毕伽索报喜，否则又会遭到毕伽索的鄙视。

一个星期后，毕伽索打电话告诉查林，皋唐县近日要召开"干街文化街研讨会"，邀请他参加，他现在有点犹豫，请查大哥也帮他权衡一下。

毕伽索问查林，最近有没有新的发现？查林老老实实地说，有一线火光，可是很快就熄灭了。然后就一五一十地讲了这段时间网上得到的信息。尽管他一再强调，还是没有解决老爷子为什么说"老子打干街了"的疑问，但是他能感觉到，毕总对这个情况非常重视。

果然，放下电话不到半个小时，毕总的汽车就在楼下了。毕伽索到了查林的房间，二话不说，盯着网上的文章和照片，看着看着眼睛就直了，出气就粗了。

毕伽索惊愕地看见，在一个网页上，干街的老照片和流波的老照片放在了一起，在照片的下面，一个署名"初心"的人在《迷雾》一文中这样写道：这就是所有的迷雾的根源，也是所有迷雾的答案。

毕伽索怔了一会儿，突然一拍桌子，激动地问查林，查大哥，你看见了吗？所有的答案都清楚了，都清楚了！

毕伽索大声喊着，手舞足蹈。

查林却傻傻地看着毕伽索，不知所措。他没有从照片里看出他想看出来的东西。

毕伽索说，我爹他不是逃兵，我爹他确实参加了流波战斗，他同鬼子打了一个遭遇战，他在流波抗击鬼子，协助国军马彪少校营救了美军飞行员。

查林怀疑毕伽索走火入魔了，小心翼翼地说，毕总，你怎么啦，就这两张照片，就能说明问题吗？

毕伽索说，太能说明问题了。你不懂吧，我告诉你，你看这教堂，看看教堂旁边他们战斗的这个建筑，这是学校，这个教堂和学校，跟干街的教堂和学校是一个人设计的。时间，是同一个时间，空间，被误认为同一个空间。我明白了，我明白了，我总算明白了……我明白得太晚了……不，现在明白正是时候……我爹他没有出过远门，他在征粮的途中，在山上，看到了山坳里的教堂和学校，他以为那就是干街，他要回到干街去征粮。可是，就在他前往的途中，遇到鬼子搜寻美军飞行员，在那里展开战斗。营救美军飞行员的，不仅是国民党军马彪少校的部队，还有我爹指挥的小分队啊！

毕伽索语无伦次了，上气不接下气，两眼迷离，泪花闪烁。

查林傻眼了，怔怔地看着满脸通红的毕伽索，不知所措，嘴里喃喃地说，毕总，像是真的，不是真的啊，你这样说牵强附会啊！

咚的一声，毕伽索把鼠标扔在桌子上，大喊一声，胡说，我说是真的，就是真的！

查林说，可是，所有的资料，所有的报纸，没有说老爷子参与这场战斗啊！

毕伽索咬牙切齿地说，查林，老查，你查的资料，你查的报纸，都是国民党的。那时候，国民党表面统一抗战，背地里摩擦反共，他能把真相告诉世人吗，他能像我爹那样把打死一个鬼子的功绩分一半给乔如风吗？不可能！

查林怔怔地看着毕伽索，诚惶诚恐地说，毕总，你这么说，我太高兴了，我太……也许，这件事情真的要水落石出了。

毕伽索斗志昂扬地说，你等着，我必须回去参加他们的研讨会，不仅我回去，我还要让我爹回去，让我爹站起来告诉他们，他不是逃兵，他是西华山战役流波战斗的英雄。

再往后的局势就不是查林能够控制的了。

第二天，查林怀着一颗五味杂陈的心，跟着毕伽索把老爷子推到机场，推上飞机。坐在头等舱里，他才没话找话地问，毕总，你说，是谁帮咱们把这段历史搞清楚了？

毕伽索说，除了她还有谁？

查林说，可是她，她为什么帮我们，她已经离开了啊。

毕伽索说，你问我，我问谁？

查林说，这太奇怪了。

毕伽索没有马上回答，突然仰起脑袋，望着远处说，一个幽灵，在干街，在西华山，在梦为集团，在我们的头顶上游荡……

查林愣住了，他感觉这话有点耳熟，可是眼前的毕伽索却让他感到陌生了。

十五

这年的七月七日，皋唐县召开"干街文化街研讨会"，参加会议的省市县各级领导和专家共有二百多人。住进宾馆后，毕伽索翻阅会议资料，意外地发现乔大桥也来了，就住在同一楼层。放下会议秩序册，毕伽索的心里五味杂陈，他突然产生一个冲动，按图索骥找到了乔大桥的房间。开门的是一个理着寸头的年轻人，自我介绍是乔大桥的儿子乔梁。问明来意，乔梁高兴地说，你就是毕伽索叔叔啊，我爸爸去干街了，明天才回来。毕伽索心里一动，问，你爸爸去干街干什么，乔梁说，去找洪雨声爷爷，还是为唐宋街的事。说到这里，乔梁神秘一笑说，毕叔叔是大老板，当心哦，你们见了面，我爸爸恐怕要敲诈你。

毕伽索拍了拍乔梁的肩膀说，这小子，你以为你爸是军阀啊，你爸就算是军阀，你毕叔叔也不是财阀，他敲不出多少油水。

乔梁说，那可不一定。我爸爸退休了，他要打家劫舍，把你的钱敲出一部分给干街的空巢老人和留守儿童。

毕伽索哦了一声，半天才回过神来说，啊，你爸爸还这么看得起我？

乔梁说，我爸爸说，毕叔叔是他的发小，是干大事的。

毕伽索笑笑说，这小子，你是帮你爸爸忽悠我吧。

乔梁说，哪能呢，我说的是真话。

离开乔大桥的房间，回到自己的房间，回味乔大桥的儿子说的几句话，毕伽索觉得心里怪怪的。

第二天早餐过后，毕伽索在宾馆院子里散步，一辆车子缓缓进了大门，在毕伽索的身边停下来，一个头顶闪亮的半大老头冲出车门，大呼小叫地扑过来，毕得宝，毕得宝，你这家伙，三十年没见了，发大财了——毕伽索顿时明白了，这是乔大桥，这家伙，已经老得让他认不出来了。

毕伽索说，乔大桥，乔司令啊，没想到在这里见到你了。

乔大桥说，什么乔司令，我现在是光杆司令了，叫我乔大哥啊，你是我失散三十年的兄弟啊！

毕伽索怔怔地说，失散三十年的兄弟？哈哈，乔司令，乔大哥，你还是那个率领我们在干街走南闯北的胡传魁啊！

乔大桥哈哈大笑。韦子玉凑上来说，乔司令，毕总早就不叫毕得宝了，他现在叫毕伽索。

乔大桥眼睛一瞪说，什么毕伽索，不伦不类的，我就叫他毕得宝。

韦子玉看看毕伽索，不怀好意地说，毕总，你看，你们兄弟之间……

毕伽索说，毕得宝就毕得宝吧，乔司令他是不忘旧情，我听着舒服。

这就见面了。上午无事，毕伽索请乔大桥喝茶，两个人讲了很多话，讲了这三十多年各自的经历，然后就进入主题，讲到了"西华山战役中的毕启发"。毕伽索讲得很细，讲得很动感情，讲到了毕启发多年的屈辱，讲到了他调查掌握的证据。讲到最后，毕伽索说，说到底，我父亲和你父亲是一起参加革命的，冒昧地说，我们两个的父亲是战友，乔大哥你说是不是？

乔大桥说，这话还用讲吗？我父亲活着的时候，经常给我们讲他和你家老爷子一起打鬼子的事。

毕伽索受到鼓励，神色庄重地说，那我就把话挑明了，你要帮帮我，把这段历史重写。

乔大桥没有马上搭腔，沉思一会儿才说，老弟，你做这个事情，想达到什么目的呢？

毕伽索说，不同的阶段有不同的目的，我的初衷是改变我父亲的逃兵身份，但是现在，我只想做一件事情，还历史以真相。你不会认为我无理取闹吧？

乔大桥说，你觉得有把握吗？如果没有把握，我建议你此事还是不提为好。

毕伽索说，原先是没有把握，牵强附会，但是现在，我看到希望了，我掌握了足够的材料。

乔大桥说，那我再问你一句，这件事情如果澄清了，你是不是要把老爷子的像挂到干街的名人墙上？

毕伽索迟疑了一下说，这个，我还没有想好。

乔大桥说，此前我听说，你不遗余力地做这件事情，就是为了这个目的。

毕伽索老老实实地说，是的。可是，就在这两天，我突然有了更多的想法，我对我做的事情不怀疑，我怀疑的是结果。

乔大桥深沉地看了毕伽索一眼，点点头说，哦，原来是这样，那就再想想，我们都静下心来想一想，我们做这件事情的目的是什么。

乔大桥和毕伽索喝茶的时候，预备会也在紧锣密鼓地进行。其他的议程都很顺利，但是在名人墙名单上出现了意外。韦子玉宣读了毕伽索来之前提交的意见，他坚持要把他爹的像挂在名人墙上，这个意见成为预备会的一个笑话。县政协一名常委义愤填膺地宣布，如果皋唐县敢把毕启发的照片挂在名人墙上，他将退出筹备组。

中午饭后，县委书记弓珲安排了一个小小的会谈，专题研究这个情况，请副省长何敏一起听取了毕伽索的理由，最后何敏拍板，给毕伽索一个机会，让他讲述"西华山战役中不为人知的秘密——毕启发九死一生的奇迹"。

决定性的时刻到来了。

七月八日下午，在皋唐县小礼堂里，一百多人济济一堂，各自怀着复杂的心情，等着看毕伽索的表演。毕伽索深深地吸了一口气，登上讲台，打开电脑，先放了一段西华山战役的资料片，然后播放流波战斗的推理片。毕伽索娓娓道来，从毕启发奉命征粮离开主力部队讲起，讲到误入流波镇，阴差阳错同国军马彪少校相遇，共同阻击日军，并掩护马彪少校和美军飞行员撤离的全过程。

毕伽索最后说，我爹的悲剧在于他没有文化，不能准确地表述他的战斗经历，他的关于"在干街打鬼子，救了蒋夫人"等等胡言乱语，把我们带到一团迷雾之中。而今天，这个迷雾被太阳驱散了。我爹失踪的那天，他没有逃跑，而是执行征粮任务到了流波，到了那个被他误认为是干街的地方，在那里同日军相遇，阻击了鬼子，掩护马彪少校护送美军飞行员离开了战场。我爹他是个抗日英雄。

毕伽索讲完了，会场一片安静，过了很长时间，才有人小声嘀咕，这是真的吗？这太传奇了。

韦子玉站起来说，毕总，你的推理确实很精彩，可是，推理不等于事实，我们不能把你的推理作为证据。

毕伽索面无表情地说，我不是推理，这是事实。

韦子玉说，我们尊重事实。你的证据呢？

毕伽索指着屏幕说，证据都在那上面，你们什么都能相信，为什么就不能相信我？

韦子玉说，我们只相信证据。

就在这时候，从后排传来一个声音，我这里有证据。

大家愣住了，举目望去，后排站起来一个亭亭玉立的年轻女子。

弓珲站起来介绍说，各位领导，我现在介绍一个专家，亓元同志，她已经受聘为我们"干街文化街"的文史顾问。请亓元同志为我们介绍她的最新研究成果。

毕伽索愣住了，亓元走过他身边的时候，他控制了自己的情绪，湿润地问了一声，亓元，我读不懂你啊！

亓元笑了笑说，你用不着读懂我，你能读懂这段历史就行了。

亓元走到坐在轮椅上惴惴不安的毕启发的面前问，老人家，您还认识我吗？

毕启发的眼睛突然睁大了，看着亓元，嘴里嘟嘟囔囔不知说些什么。

亓元笑笑，拍拍毕启发的肩膀说，老人家，请你看一样东西。

说完，亓元转身，走上讲台，走到电脑旁边，插入U盘，播放了一段视频。画面上出现一个满脸紫斑的外国老人，吃力地向亓元比划着，佝偻着腰蹒跚地走向书柜，从里面找出一个相册，取出一摞照片，一张一张地翻检。突然，画面上的亓元将其中的一张照片重新找回来，久久地凝视。亓元又找了几张照片，向外国老人征询意见。

外国老人书写了一段话，交给画面上的亓元。

屏幕下面，现实中的亓元移动鼠标，出现了另一张画面，在一条"抗战老兵英雄事迹报告"的横幅下面，毕启发趴在地上，做射击状。

亓元说，这一切要从两年前毕总组织的这次"抗战老兵英雄事迹报告"试讲会讲起。在讲到流波战斗的时候，老人家突然反常，当时就是这个姿势，这个姿势让我十分震惊。他喊鬼子来了，并不是怕鬼子，因为他在喊这一声之后，还有一句"卧倒"，并且是射击的姿势而没有抱住脑袋。于是我想，在抗日战争时期，在西华山战役中，他作为一名排长，下达的是战斗的命令，卧倒之后是射击。正是因为这个发现，我对毕启发的逃兵身份产生了怀疑。

毕伽索诧异地看着侃侃而谈的亓元，百感交集。

电脑旁边的亓元说，历史留下了很多漏洞，就从那一天起，我走近了其中的一个。此后，我从政协文史资料委员会调出一篇关于流波战斗的回忆文章，顺藤摸瓜找到了原美军飞行员威廉的消息，在弓珲书记的帮助下，我于一周前到美国找到了这位老人，终于，一切迷雾都澄清了，就像毕总推理得那样，像是真的，也确实是真的。

毕伽索望着神情自若的亓元，恍若隔世。

亓元没有顾及毕伽索，又点击了几下鼠标。

屏幕上，照片被不断放大。前面远处，隐隐约约看见钢盔，那是树林里的日本兵。照片上近处的军人，正伏在一截断墙后面射击，枪口处飘着一缕硝烟。他的臂膀被放大了，臂章上面的字迹模糊不清。镜头移动，放大，再放大，虽然那是一张面孔的大半个侧面，但是没有人认识这张面孔。

随着画面移动，出现几行英文笔迹，下面配有中文翻译：就在日军快要追上我们的时候，从右边的树林里冲出来几个士兵，向日军猛烈射击。我亲眼看见领头的士兵，在变换位置的时候腿上中了一枪，他仍然向其他的士兵呼喊什么，同时向日军连续扔了两颗手雷，他的战斗姿势给我留下了极其深刻的印象。当时我问马彪少校，这几个士兵是不是他的下属，马彪少校只是含糊地告诉我，那是友军的士兵。我判断这个"友军"应该是新四军的部队。我不顾马彪少校的催促和阻挠，匍匐到侧面拍下了这一组照片，我希望以后找到这些英勇的士兵。后来在中国军队的一个指挥部里，翻译黎露女士告诉我，那确实是新四军的士兵，带队的是一个排长。此后中国军队打扫战场，发现他们中间已有三人阵亡，排长的伤腿再次负伤。我委托黎露女士到医院调查，但是迟迟没有消息，后来我就回国了。直到二十年后，黎露女士才从台湾给我寄了一个包裹。

偌大的播映厅里，静悄悄地。亓元移动鼠标，屏幕上的美国老人，用布满皱纹的手颤颤巍巍地打开一个箱子，一层一层地打开绸布，里面出现了一个破旧的臂章，正面"新四军"字样清晰可见。镜头旋转，呈现臂章背后的表格，向人们的眼前推出三个字：毕启发。

亓元说，我所了解到的，就是这些了。

大厅里传来轻微的骚动，轮椅上的毕启发嘴里发出含糊不清的声音，用手拍打着轮椅。主持会议的韦子玉站了起来，走到毕启发的面前，毕启发不再做声了，瞪着韦子玉，显然他已经认不出韦子玉了。

韦子玉转过身去，对亓元点点头说，亓元同志，我相信你说的一切。只是，我还有一个小小的问题，你和毕总都坚持说，老爷子误把流波当成干街，所以造成了迷雾，我也接受这个观点，因为这两个地方确实像，老人家过去没有到过干街以外的集镇，他把二者混为一谈是完全有可能的。我的问题是，你们是如何判断出老人家这个误会的，这是揭开谜底最重要的一个环节。

毕伽索说，这个我来说。我最初的困惑就是，我父亲脱离部队，那三天他在哪里，亓元和查林也被这个问题难住了。直到前不久，有一个神秘的人连续给查林发来了几个邮件，附了两张老集镇的照片，下面的说明文字只有八个字：时间，时间，空间，空间。就是这两张照片和这八个字，让我醍醐灌顶，茅塞顿开——时间，是同一个时间，空间，被误认为同一个空间。这就是问题的症结所在。所以我们得出结论，老爷子嘴里的干街，其实就是流波。

韦子玉说，我完全相信这个判断，可是，到底是谁，发来这八个字和两张照片呢？亓元同志，是你最早发现的吗？

　　亓元说，这是一道十分复杂的方程，不是我能够解开的。也许，乔梁博士能帮我们解开最后的谜底。

　　亓元说完这句话，大家便都转过头去，只见小礼堂中间靠后的位置上，站起来一个理着寸头的年轻人，微笑着走上讲坛。年轻人站定，笑容可掬地说，干街乡亲，我是乔如风的孙子，乔大桥的儿子乔梁，奉我父亲之命，今天来向家乡父老乡亲汇报。关于毕启发爷爷的事情，我爷爷在世的时候一直惦记着，他多次对我父亲说，他不相信毕启发会当逃兵，因为在茅坪战斗之后，两位爷爷又参加过几次战斗，他们互相见证了对方的成长和勇敢。刚才大家看到的毕爷爷臂章上的"畢啟發"三个字，就是茅坪战斗之后我爷爷帮毕爷爷写上去的。可是，由于毕爷爷记忆混乱，使得问题越来越复杂，越来越说不清楚，我爷爷无能为力。爷爷去世前仍然交代我父亲，要关心这件事情。直到有一年假期，父亲让我回到干街，研究这段历史，恰好遇到亓元姐姐。她告诉我，最后的难题就是毕爷爷说的那句"在干街打仗"，无法解释。我后来向我父亲禀报了这个情况，我父亲调来西华山战役资料，在家研究了很长时间，有一天他告诉我，他终于明白了，毕爷爷把流波误认为干街了。我问父亲，他是怎么发现这个奥秘的，父亲告诉我，他是军人，军人对时间和空间比常人更加敏感，正确的时间到达正确的位置，就是胜利。在那场战斗中，毕爷爷没有在指定的时间到达指定的位置，却意外地到达了更需要他的位置。

　　乔梁说完，会场的空气出现了凝固。在人们期待的目光中，乔大桥站了起来，走到前排，向毕启发走去。在毕启发的面前，乔大桥缓缓地举起右臂，敬了一个礼，庄重地说，毕叔叔，我代表我父亲向你道歉，直到今天才为你恢复名誉。老人家，请看，这是我父亲留给你的最后的礼物。

屏幕上出现了两张照片，一张是乔如风和毕启发的合影，另一张，就是亓元刚刚介绍过的威廉拍摄的战地照片。台下的人们很快就发现，原先不认识的那个正在射击的战士，现在认识了，他和乔如风身边的那个人是同一个人——年轻时的毕启发。

不知是谁带的头，一个人站起来了，两个人站起来了，接着，所有的人都站起来了，大家把目光投向毕启发。就在这个时候，出现了意想不到的一幕——毕启发双手撑着轮椅，扭动着，挣扎着，突然站了起来，并且伸出一只手在胸前拼命地舞动，嘴巴一张一合，声音很大，却没有人听得明白。亓元挤到前面，抓住毕启发的手，听了一会儿，直起腰说，老人家，你是说，还有三个，对吗？

毕启发顿时安静下来，浑浊的眼睛看着亓元，突然咧嘴笑了，笑着笑着，两行老泪滚滚而下。

十六

毕启发的这个插曲，使得研讨会的方向在不知不觉中发生了变化。但是有一个共识，既然毕启发是抗战英雄，上名人墙应该是顺理成章的，如此，满足了毕伽索的夙愿，毕总捐赠的一点三亿也是水到渠成的。

乔大桥没有参加后来的会议，带着儿子向毕启发父子告别之后，就到干街了。

组织上委托韦子玉到毕伽索下榻的宾馆去跟毕伽索磋商，没想到毕伽索却变卦了。毕伽索问韦子玉，你认为这个名人墙能说明什么问题？

韦子玉被他问得愣住了，反问毕伽索，你想让它说明什么问题？

毕伽索说，不管它能不能说明什么问题，我都不想花这个钱了。我的钱，也是血汗钱，我得把它用到需要它的地方。

说完这番话的当天下午，毕伽索就带着老爷子离开了皋唐县城，亓元和弓珲一直送到机场。

话别的时候，亓元对毕伽索说，毕总，把那一百万元给我吧。

毕伽索诧异地问，你，亓元，你需要钱？

亓元说，我为什么不需要钱？

毕伽索怔怔地看着亓元，亓元还是不见波澜地微笑，紫蓝色的连衣裙在微风中像一面款款飘动的旗帜。毕伽索点点头说，我明白了，如果我说给你一千万，你不会觉得我是冒犯你吧？

亓元说，我只接受我应该得到的那一部分。

毕伽索抬头看看天，又转头看看亓元说，好的。

亓元说，谢谢。

毕伽索挥挥手，向弓珲和亓元致意，然后就推着轮椅过安检了。

一年后干街文化街建成，不过，远远不是当初设计的规模。名人墙的项目被取消了，只是在韦梦为故居的基础上塑了一尊韦梦为的雕像，建了一块占地五亩的广场，周边安上了路灯，供老人跳广场舞，据说全部预算也就是五十万元。一度成为空巢的干街渐渐地又活泛起来了，文化街东西两侧，分别竖起两座门楼，东边是十几幢摩肩擦踵的仿古房屋，商铺、饭馆、茶楼、药店、戏台、手工作坊一应俱全。西边多是一些实用而时尚的建筑，学校、医院、工厂、宾馆、超市错落有致。东边的日子逍遥自在，西边的事业红红火火。两年后，干街被省里评为特色集镇，很多在外地打工的年轻人又回到了故乡。

寻找之旅的明与暗（后记）

乍看起来，这个故事有点荒诞。八十年前，发生过多少荒诞的事情啊——经过艰苦卓绝的斗争，抗日战争以胜利而告终。然而老百姓并没有安居乐业，战火重新燃起。问苍茫大地谁主沉浮，解放军秋风扫落叶，国民党兵败如山倒，一部分人跑了，一部分人继续举着青天白日旗帜狼奔豕突，还有一部分且战且退，行进在寻找的路上，等在前方的，是目的地还是墓地，是个未知数。

十几年来，有个名叫仵德厚的人物一直悬浮在脑海中。此人是台儿庄战役中的敢死队长，曾经率领几十名队员突入敌阵，同日军殊死搏斗，九死一生。凭借赫赫战功，此人后来一路擢升，先后担任团长、旅长、师长，并获得过多枚勋章……遗憾的是，抗战胜利了，他和他的很多同僚一样迷失了方向，被拖到了内战战场，最终被解放军俘虏，从爱国英雄沦为阶下囚，坐了十年牢。并且，因为当年记者笔误，报纸上把"仵德厚"写成了"许德厚"，他不仅失去了自由，还丢掉名字。然后，他回到家乡种地、放羊、在村办工厂搬砖……回想当年，不要说他身边的人，恐怕就连他本人，也把他的敢死队长、少将师长的身份淡忘了。不敢想起，只好忘记，像一个普通劳动者那样生活，倒也心安理得。直到上个世纪九十年代，这个人就像一件破烂不堪的文物，被发掘出来，引起当地政府、媒体以及相关人士的注意。我在研究历史的时候，固然对他的英勇善战、不朽功勋肃然起敬，而站在作家的立场上，我更关注的是，在八十年前的十字路口，这个人的心里装着什么，关于前途和命运的选择，他是否清楚？答案是，他不清楚，或者说他清楚了却不愿意回头。对比那些顺应潮流的起义者，他是无数迷茫者中间最为典型的悲剧人物。

然而我依然敬重他，为他重新浮出水面、恢复名誉、得到党和政府的关怀而欣慰。毕竟，抗日的战场上有他抛洒的热血。常常是在夜深人静的时候，我在替他思考，为他着急，跟他一起徘徊，一起寻找一条光明的路。

在《将军远行》动笔之前的漫长岁月里，我一直眺望，眺望那个时代、那个地方、那些人物，我要看到那个空间和那个瞬间里面发生的一切。通过国民党军部警卫连长马直的视角，我最初看到的是，解放战争初期，一支国民党军队被解放军打散，在抗战中立下赫赫战功的副军长李秉章接受了一项莫名其妙的任务——寻找一支杳无音讯的部队。可是，到哪里寻找呢？我和作品中的人物一道陷入迷茫，只好让他们钻进河湾，让他们在假想中的与世隔绝的幽暗的丛林里，让他们在微弱的月光下面，像蚯蚓一样穿行在潮湿的地面上，像幽灵一样游移在明与暗之间。如果说刚刚出发的时候，马直等人还抱有一线成功或生还的希望的话，那么，昼伏夜行十几天，在经历了两次国军散兵的洗劫和侮辱之后，马直等人的心理终于同李副军长接近了，明知不可为而为之，又不知道为什么，那个近在咫尺而遥不可及的"三十里铺"，不仅是目的地，也是墓地，不仅是李副军长的墓地，也可能是他们所有人的墓地。

试想，一个执拗地走向自己的墓地的人，会是什么样的心态？再试想，一群尚能呼吸的活人，跟着一个半死的人半夜走路，又是怎样的心态？我跟着他们一道前行，多次调整写作方向，比如，让他们离开河湾到解放区投诚，或者，干脆让解放军的尾随部队很快出现，甚至让那个对李副军长有救命之恩的女八路从天而降，从而挡住他们走向死亡的步伐……可是不行，尽管历史上不乏这样的真实，然而在这部作品里，我不能改变李秉章的方向，我要让他一直走下去，直到他以死明志，直到他"只跟日本鬼子打仗，不跟八路军打仗"的夙愿得以实现。至于通过什么方式实现，李副军长不知道，我也不知道，我手中的笔，只能跟着他走。

坦率地说，《将军远行》虽然弥漫着荒诞意味，但这不是刻意而为，一次荒诞的战斗，一个荒诞的任务，天然地营造了一个非常态的语境。那支小分队，从踏上寻找之旅开始，他们避开了大路、逃离了阳光、疏远了人间，迷茫、饥饿、阴暗、潮湿始终陪伴着他们，他们的神经一点一点地麻木，肉体一块一块地僵硬，他们既是活着的人，也是正在死去的人，他们既是动物也是植物。他们一息尚存的思维世界只有一个问题：什么时候死，在哪里死，穿什么衣服死，死后要不要在墓地上做个记号……他们的呼吸、对话、梦呓、步履，都是尸体的声音和行为逻辑，无不散发出黑色幽默的气味——这是一次死亡的预演，是在死亡之前最后的理性。

战争是残酷的，而文学是温暖的。作品的结尾是开放式的，我没有让李秉章死去，而是让他失踪，从此他隐姓埋名，从此埋没在茫茫人海。后面关于他的传说，给我们留下了希望，我们希望他活着，尤其希望他像仵德厚那样一直活到九十七岁。这个希望不是空想，在上个世纪抗战结束之后，有很多"敢死队长"流落民间，并且用他们饱经沧桑的目光打量他为之奋斗的土地上发生的巨大变化，在清贫而安宁的生活中露出会心的微笑。但愿他们在余生中能够看到这部新作《将军远行》，但愿他们对身边的人说，我还活着。

图书在版编目（CIP）数据

将军远行 / 徐贵祥著. -- 北京：作家出版社，2022.11
ISBN 978-7-5212-2007-0

Ⅰ. ①将… Ⅱ. ①徐… Ⅲ. ①中篇小说 - 小说集 - 中国 - 当代 Ⅳ. ①I247.5

中国版本图书馆CIP数据核字（2022）第166375号

将军远行

作　　者：徐贵祥
责任编辑：兴　安
封面题字：溪　翁
装帧设计：意匠文化·丁奔亮
出版发行：作家出版社有限公司
社　　址：北京农展馆南里10号　　邮　编：100125
电话传真：86-10-65067186（发行中心及邮购部）
　　　　　86-10-65004079（总编室）
E-mail:zuojia@zuojia.net.cn
http://www.zuojiachubanshe.com
印　　刷：北京盛通印刷股份有限公司
成品尺寸：130×185
字　　数：70千
印　　张：5.375
版　　次：2022年11月第1版
印　　次：2022年11月第1次印刷
ISBN 978-7-5212-2007-0
定　　价：52.00元